長く
なった
夜を、

中西智佐乃

集英社

長くなった夜を、

階段を上る足音に招かれるように、あなたの意識が浮上し始める。ドアが開く音がして、あなたの瞼《まぶた》に光が当たった。薄目を開けると廊下からの橙《だいだい》色の光を背に、妹の由梨《ゆり》が入って来た。

あなたは枕から頭を離さず、おかえりと囁《ささや》く。あなたの隣では由梨の息子の公彦《きみひこ》が、いびきのような寝息を出しては引っ込めていた。由梨は配送会社の倉庫で派遣社員として働いている。遅番の時は十時までのシフトなのだが、十一月に入り残業が続いていた。

由梨は、あなたの頭上にあるラックから着替えを取り、公彦の顔を覗《のぞ》く。

「すぐに寝たん？」

あなたが頷《うなず》くと、由梨は「そうか」と返事をし、肉付きの良い身体《からだ》を左右に振りながら部屋を出ていった。あなたは仰向けになり、天井を見る。

公彦がすぐに寝たというのは嘘《うそ》だった。寝る時はどうしても、ママと泣く。小さな身体を撫《な》でても、慰めの言葉をかけても、ママと呼び続ける。

下からシャワーの音以外に、トイレの水が勢いよく流れる音がして、いつの間にか閉じていた瞼をあなたは開いた。一階で眠っている両親のどちらかだろう。

寝返りを打ち公彦を見る。うつ伏せなのが寝苦しそうで、あなたは上半身を起こした。公彦の布団をめくり、抱き上げて仰向けにし、肩や首が出ないようにかけ直した。寝息をたてる公彦の身長は三歳の平均より少し小さいが、ふっくらとしており、あなたの家系に寄っていることにほっとしている。

公彦の父親には何度か会ったことがある。由梨が短大を出て勤めていたホテルの同僚からの紹介だと聞いた。歳《とし》は由梨より三つ下で、ひどく痩せていた。そうして、その男は最後まで、何の仕事をしているのかわからないままだった。

公彦がまたいびきのような寝息をたて、あなたの顔にふわり笑みが宿る。その寝息は、あなたが初めて公彦を寝かしつけた夜から変わっていない。

由梨がまだ一歳にもならない公彦を連れ帰って来た夜、あなたは両親と夕食を食べていた。母が「どうしたん」と呆《ほう》けたように聞いたら、「離婚する」と平然と言い、由梨はソファーに身体を沈めた。

あなたは斜め前に座っていた父を盗み見た。当時は、両親がどちらも別々の高校で嘱託として教師をしていた。母は子育てを終えてからの再就職で、父は定年退職をしたためだった。父は、肥満のために関節まで膨らんだ手で箸を持ち、食事を続けていた。やっぱり、とあなたは思った。父が許さないことは、こういうことになるのだった。

「何言うてんの」

母が椅子に座ったまま由梨に向き合う。由梨は胸を晒《さら》し、公彦に吸わせ始め、「仕方ないやん」とテレビを点《つ》けた。あっ、とあなたの身体に緊張が走るのとほぼ同時に、「消しなさい」と父が言った。

あなたは硬くなった身体で由梨を見た。由梨は、浮かんだ怯《おび》えを慌てて反抗心で塗り固めた顔でテレビを消し、リモコンをテーブルの上に投げた。不愉快な高音が鳴り、父がその音をかき消すようにテーブルを叩《たた》く。食器同士がぶつかり、あなたの呼吸が一つ飛び、由梨に視線を流す。乳を吸っている公彦を、自身に近づけるように背中を丸めていた。

「離婚するって、由梨が言うてますけど」あなたの隣に座っていた母が、縋《すが》るように父を見る。

「止めたのに結婚したんはお前や。お前のために出来ることは全部したった。全部お前が選んだことや。出て行きなさい」

その後、父は無言で食事を終えて立ち上がり、一度も由梨を見ずにリビングから出て行った。由梨も父に背を向け、公彦を抱き直してもう片方の乳を吸わせ始める。あなたは食事を続けていいのかどうかわからず、お茶を少しずつ飲んでいた。

「由梨ちゃん、簡単に離婚なんか言わんと話し合ってみたら」

母が目を大きく見開き、唇をぐいと横に伸ばした。頑張るの顔だった。

「だから無理やって」

母と由梨の言い争いが始まった。母が、父が許さないから出て行きなさいと繰り返し、由梨が、親なら受け入れるべきだという内容をバリエーションのある言葉で応じている。あなたは二人の口論がヒートアップしていくのを背中で聞きながら、ソファーに座らされた公彦に近づいた。落ちやしないかと気になって仕方がなかった。

数か月前は一人で座れなかったのに、今は緩く広げた両足の間に両手を置き、母と由梨の口論を聞いているような表情さえ浮かべている。

公彦が前に動こうとして上手《うま》くいかず、もう一度前にずろうと背中を丸めて頭を下げた。しかし、途中で力が抜けてしまったようで、反動が起こり、ソファーの背に上半身がぴたりくっついてしまった。公彦の表情が崩れ、泣き声が上がり、母と由梨の口論が止まり、あなたは振り返った。

「お姉ちゃんの部屋にでも連れていってや！」

由梨が怒鳴り、母が腕を組んで俯《うつむ》く。あなたは公彦の両脇に手を入れてみた。肌寒い秋の夜だというのに公彦は薄着で、あなたの手のひらに高い体温がすぐに滲《にじ》んだ。どうすればいいのかわからないまま両手で持ち上げ、自分の身体に引っ付ける。剝がれ落ちないように両腕で抱えると、公彦の顔があなたの左側に来て、泣き声で耳を塞がれた。早く泣き止《や》ませないと父がいい気がしない。

上半身を動かせない格好で立ち上がり、居ない父の視線に追い立てられるようにあなたの部屋へと向かった。

公彦は泣き続けた。おむつかとロンパースを開いてみたが濡《ぬ》れておらず、寒いのかと薄い毛布で包《くる》んでみるが違う。あなたは毛布ごと公彦を抱き上げた。泣き声を浴びながら歩く。腕が痺《しび》れ、肩は張り、足はだるく、あなたと公彦の体温は交換され、どちらがどちらのものともわからなく溶けていった。

公彦の泣き声が徐々に弱まり、あなたに体重を預けるようになった。眠たかったのかとあなたは気づく。そうであるのなら、さっき横にした時に寝てしまえば良かったのにと簡単にあなたは思った。今となっては思い出して笑ってしまうことの一つだが、寝かしつけという言葉が何故《なぜ》出来たのか、この時のあなたはまだ知らなかったのだ。

腕の中で口を開けて眠る公彦を見ながら、不安が募り始める。起こさずに床の上に置ける自分の姿が全く想像出来ない。あなたはどうしようと心の中で唱えながら、背を丸め、かばうように公彦を抱く。誰か教えて欲しいと願うけれど、母と由梨の口論はまだ一階から聞こえてくる。

あなたの腕と膝に限界が来た。落としてしまいかねない恐怖が起こり、正座をした。上半身を折り曲げて腕ごと床につけ、公彦の足側にあった腕を抜き、柔らかな頭を支えていた手をカーペットに擦りつける痛熱い感覚と共に抜いた。

布団を敷いて公彦を横たえると、いびきのような寝息があなたの耳に届いた。毛の薄い頭の横に短い両腕を上げ、眠っている。また、いびきのような寝息が響き、あなたの口元がほころぶ。こんなに小さな身体なのに、寝息はいっちょ前。

寝息が止まった。あなたは急いで左手で肩までの髪を束ねて持ち、右側の耳を公彦の口元に近づける。途端、乳の匂いが吹きつけられ、後ろに両手をつく。びりっとした痛みが腕に走り、ほどけた髪が首にかかって、声を立てず歯を見せ笑った。

あなたは母と由梨が口論を止める深夜まで、公彦の寝息を聞いていた。おそらく父に促された母が、由梨に何度も出て行くように伝えた。けれど、由梨が父方の叔父に助けを求めると言うと何も言わなくなった。

由梨は実家に戻って来た理由を詳しく言わなかった。ただ、あなたは、離婚直前に由梨が、「避妊もせんと二人目出来たらどうするつもりなんや」とスマホに向かって押し殺した声で話しているのを盗み聞いた。

三歳になった公彦の頬に触れる。手のひらに体温が伝う。あなたは自分の身体が緩んでいくのを感じ、布団に戻った。足の間に毛布を挟もうとしたところで、片手が膝に触れた。そのまま太ももに触れる。肉がつき、硬い。この三年間、公彦を抱っこしてきたためについた筋肉だった。

公彦のいびきのような寝息が聞こえる。あなたの心が凪《な》いでいき、ひたひたと眠気の波が寄る。寝息がある限り生きている。あの夜から知ったことだった。

古い血の塊のようなおりものが、下着の股の部分に張り付いていた。トイレットペーパー越しに摘まんで捨て、便座に尻をつける。親指の腹で押さえられるような鈍い痛みを頭の左上に感じ、額から髪を梳《す》くように両手を当てて支えた。

去年三十七歳の誕生日を迎える頃から、生理が始まる数日前に、赤茶色のおりものが下着にこびり付くようになった。当時ネットで調べたら、生理前に少量の出血はよくあることと書かれていた。スマホで生理アプリを立ち上げる。前回の日付を確認すると十月十二日。十一月六日までを数えると二十六日目。四、五年前までは三十日周期だった。生理周期は四十歳に向かって短くなり、いつしかそれが長くなり、そうして閉経へと辿《たど》り着く。下着に血を拭った跡のような染みが出来ているのが目に入る。そうしるしとあなたは思う。あなたにとって、赤茶色のおりものは、子宮劣化のしるしに思えてならなかった。母の頑張るの顔が浮かぶ。あなたは胸の据わりが悪くなる心地がした。

コールセンター室に戻り、鎮痛剤を飲み下したところで、隣の席の古賀《こが》さんがあなたのデスクを指先で一つ叩いた。彼女がヘッドセットを着けているのが目に入り、あなたも慌てて装着して古賀さんを見る。彼女はすでに前を向いていた。あなたは頭の左側に痛みが広がっているのを感じながら、軽く目を瞑《つぶ》る。

一本目のコールが、その日の流れを決めるというジンクスがコールセンターにある。勤め始めた頃は信じていなかったけれど、今は一本目が無事に終わることを願うようになっていた。

電話が息を吹いた。途端、着信音が部屋を圧迫し、ドミノ倒しのようにオペレーターの声が重なっていく。あなたは画面を見て、顎が上がった。赤文字でwarningと表示されている。かかって来た電話番号が同じであれば、購入履歴からデータが紐《ひも》づけされる。以前のクレーム内容に目を通そうと思う反面、耳を塞ぐ着信音に耐えられなくなって通話ボタンをクリックしてしまった。

「遅いわね」

流れてきた標準語は、あなたが想像していたよりも品のある老女のものだった。あなたは謝罪と仮名を告げた。あなたの本名は関本環《せきもとたまき》であるけれど、このコールセンターでは身の安全のために仮名が与えられている。

「お客様のお名前をお教えください」

「商品の交換をしたいだけだから」

相手が女性であったから、まだ、どうしようとあなたは考える余裕が持てた。男性の場合だと思考が霧散する。けれど、それはあなただけではない。ここにいるコールセンターの女性の多くが、通話の相手が男性の場合、何らかの通常ではない状態に陥る。

あなたは購入した商品名を聞いた。一拍置いて長い溜息《ためいき》が流れ、あなたの頭の左上で痛みが跳ねる。

「覚えてないわ」

あなたは自分でも気づかない程度に薄く唇が開き、半年前のクレーム内容にやっと目をやる。

【購入履歴確認不可先。イソフラボン美容液（高保湿タイプ）を購入したが効果がないので、アンチエイジングシリーズ美容液（ステップⅢ）への交換を希望。差額の840円についてはご了承済み。ただし、イソフラボン美容液の返品はご理解いただけず。着払いでもかまわないとお伝えしたが捨てたとおっしゃられる。今回のみであることをお客様にはご了承いただき、変更手続きを行う。樋口《ひぐち》課長判断。】

「早くしてよ」

「申し訳ございません。ですが、お客様のお名前、商品名がわからない上での交換は出来かねます」

「前はしてくれたじゃない」

「以前にも商品の交換をなさったのですか」

顧客が黙った。あなたは目を眇《すが》める。頭痛は鋭さを増し、左上から右上へと侵蝕《しんしょく》していく。その頭に、顧客はイソフラボン美容液を購入していないのではないかと推測が生まれる。半年前に交換と言って、アンチエイジングシリーズの美容液を差額分だけで得たのではないか。美容液がなくなり、今回も電話してきた。自身のデータが登録されていると考え、名前も住所も告げたくないのではないか。しかし、どうやって商品を発送させるつもりだろうと思った時に、以前、他の人が受けたクレームがあなたの頭に浮かんだ。本人ではない、別居している家族に送るように要求されたことがあったそうだ。当社では、本人発送のみを受け付けているので断ったら、顧客が数時間粘ったと朝礼で聞いた。もしかしたら、この老女もそうするつもりかもしれない。

低いうなり声が聞こえ、「おたくじゃ話にならない！　上司を出しなさい！」と叫ばれた。あなたは身体が硬くなるのを感じながら右斜め後ろに顔を向ける。上司の樋口はパソコンを叩いていた。艶《つや》やかな長い茶髪を一つにまとめ、薄い化粧をしている。金がかかっているのがわかる美しさで、実際あなたよりいくつか年上であるのに、あなたよりも年下に見えた。

どうしようとあなたは思う。ここで相談をした方がいいのか、それとも謝り続ければいいのか。樋口はいつも、一度は自分で対処して欲しいと言う。でも、こじれればどうしてもっと早く相談してくれなかったのかと聞かれる。今月、すでに二回相談に行き、内一回は、一度はチャレンジしてみてくださいと言われていた。どっちにすればいいのか。あなたの目が泳ぎ、心拍数が上がっていく。

「早くしてってば！」

画面に顔を戻した拍子に、カレンダーの予定が目に入った。今月、保育園で音楽会がある。その日の帰りに、ファミレスに連れて行く約束を公彦としていた。きっと母と由梨も来る。五千円近くするであろう代金は、あなたの小遣いである五万から払うことになる。あなたは社会人になってから両親に、給与明細と共に給料を全て渡していた。そこから毎月五万円だけを母からもらっているのだった。

「時間がもったいないでしょう！」

「申し訳ございません」

樋口にもう一度視線を流し、息を吸い込む。電話に出てしまっている。どうしようもないと下唇を歯でしごいてから、「あいにく上司は違う電話に出ております。やはり交換にはお名前が必要になります」と口にするしかなかった。

老女がまた何かを叫ぶのを感じ取り、左耳に当てていたヘッドホン部分を耳から浮かせた。怒鳴っているとだけわかる声が漏れる。古賀さんがヤバ……と呟《つぶや》くのが聞こえた。

寝る前に胃が気持ち悪くなって吐いた。鎮痛剤を一日の規定量以上服用すると、あなたはよく吐いてしまう。一本目のクレームの後、軽いクレームが二本続いた。合計三本のクレーム対応は、あなたから見ても時間がかかり過ぎていた。

一日の受電件数が帰りに液晶画面に表示される。あなたの件数が一番少ないことを樋口がどう判断するのかと思うと、頭痛が増す気がした。

ジンクスはよく当たると思うのと同時に、昔ネットで見た腕の細い女の姿が浮かぶ。あなたは、吐く機会があると腕の細い女のことを思い出す。痩せる方法を探している時に見つけた女性のSNSだった。彼女のアイコンは、高級なホテルの美しい洗面台の前に立ち、顔を自身のスマホで隠して鏡に映る姿を撮ったものだった。

上品な黒いノースリーブのワンピースから出た腕は細く、あなたの親指と人差指で作った輪の中に、二の腕が通ってしまうのではないかと思うほどだった。加工かと疑ったけれど、彼女の投稿を日々読んでいると疑いは晴れた。

あなたは生臭い口元をトイレットペーパーで拭い、便器に流す。そうしたらもう、彼女の細い腕はあなたの頭の中から消えた。

あなたの前で自転車を漕《こ》ぐ古賀さんから悪態のようなものが流れて来て、信号が点滅し、並んで止まった。今日は古賀さんが一時間超えのクレームを二本対応した日だった。

「怒鳴り続けられると、あたしは何も悪くないのに、悪いことしたって錯覚すんのなんなんすかね」

あなたは同意の声を低く伸ばす。クレームは、顧客のミスが原因であるものが多い。販売している商品もあなたが開発したものではない。それでも、謝罪するのがあなたの仕事だった。

古賀さんは信号を睨《にら》みながら、「あたしがここに来て一年の間にめちゃくちゃ辞めましたよね。子どもが熱出したら嫌味なく休ませてくれるけど、人が減った分、言いづらいってか」と言った。

コールセンターの空席が目立ってきている。一年ともたない人が多く、研修中に来なくなってしまう人もいる。他社のコールセンターはリモート化が進み、クレーム対応ではない、在宅のもっと楽な内容の仕事に替わろうかと同僚が話しているのを耳に挟んだこともある。

信号が青に変わり、古賀さんの後ろにつく。古賀さんの娘の結実《ゆうみ》ちゃんと公彦が通う保育園は同じで、お迎えのために帰り道が一緒だった。

「派遣会社の人に他にいい所ないか聞いてみようかなぁ」

あなたは古賀さんを見た。軽く化粧をした目の上にある額がつるりとしている。

「古賀さんはいくつでしたっけ」

「もう二十七ですよー」

二十七にもうとつけるところが若い証拠だった。

「次の仕事まで間が空くなら、夜の仕事のシフト増やしてもらえばいいし」

古賀さんと同居している叔母さんの友達が経営している、「スナックっていうか、飲み屋っていうか、そういう感じの店」で働いていると以前聞いた。

「一人辞めちゃって、シフト増えてんすよね」

「そうでしたか」と答え、それ以上聞きたいことが浮かばなかった。

保育園の駐車場前で自転車を停《と》めた。二台停まっているバスを背に、鉄製の玄関ドアをノックする。のぞき穴の蓋が開き、守衛のおじさんと目が合うやドアが開いた。おじさんはあなたと古賀さんを眺め、誰を迎えに来たのかも聞かずに再びドアを閉じた。

「結実、カーディガン着せてもらえているかな」

昼に古賀さんが、保育園にカーディガンを持参させているのに着せてくれず、慢性的に鼻水が出ているのだと不満を漏らしていた。あなたは自転車を降りてから、脇の下が冷たくなっていくのを感じていた。季節が本格的な冬を迎えようとしている。

「連絡帳にも書いておいたんですよね。それで着せてくれていなかったらヤバいっすよね」

あなたが二度頷き返したらドアが開き、「たまちゃんおかえりー」と公彦が叫んだ。あなたの顔から笑みがこぼれる。保育園の黄色の帽子に水色のロンT、トーマスの絵が描かれたレギンスパンツ。あなたが今朝、宥《なだ》めすかしながら着せたものだった。

公彦は若い先生と繋《つな》いでいた手をほどき、あなたの両足にしがみつく。ズボン越しに公彦の冷たさが滲み、すぐに抱き上げる。公彦の頬があなたの首に当たり、あまりの冷たさに公彦の顔を見た。長めの柔らかい髪の下にある丸い頬は白く、唇の色が悪い。あなたは古賀さんの足にしがみつく結実ちゃんを見た。カーディガンを着ていない。

「さっきまでお外で遊んでいました」

一緒に出てきた若い先生が元気に報告した。ロンTの下は長袖の下着だけであることを思い浮かべながら、あなたは頷きを返す。

「連絡帳に寒くなったらカーディガンを着せて欲しいと書いておいたんですけど」

古賀さんが結実ちゃんの背負っているナップサックの中から、紺色のカーディガンを取り出し、若い先生の視線が揺らぐのをあなたは見た。

「日が落ちてから寒かったですよね。担任の先生から聞いていませんか」

若い先生が羽織っているパーカーが分厚い。「すみません」と彼女は謝ったが、「園長先生か副園長先生いますか」と古賀さんは鉄製のドアに近づく。ドアをくぐる途中であなたに軽く頭を下げた。あなたは公彦を少しでも温めようと、強く抱っこしたまま頭を下げ返すことしか出来なかった。

家の玄関に灯《あか》りはついておらず、廊下の先にあるリビングの左側だけが明るい。公彦の背を軽く押しながら中に入り、電気のスイッチを押した。広がった光に公彦の顔が上がり、ほうっと口を開ける。公彦は上《あ》がり框《がまち》に尻をつけ、いそいそと短い指でスニーカーのマジックテープを剝がした。

「おかえりー」と公彦が言う。

「お家《うち》に着いたら、ただいまやで」

いつものように抑えた声で教えたら、公彦はかしこまった顔で何度も頷いたけれど、きっと明日も公彦はおかえりと言うのだろう。そうして、おかえりをあなたは心のどこかで待っている。

公彦が走ってリビングに入り、あなたも慌てて後を追う。半分暗いリビングでは、父がソファーに横になってテレビを見ていた。公彦は父を気にしながら、ソファーの後ろにある畳の部屋に入ろうとしている。あなたは公彦の背中に追いつき、「先に手洗いやよ」と小声で言い、脇に両手を入れて吊《つ》るすようにして洗面所に走った。

手洗いを嫌がる公彦の手をあなたの手で包むようにして洗う。いつもならここで風呂に入ってしまうが、今日は沸いていない。今朝、冷蔵庫に吊るされたホワイトボードに、母が勤めている高校で会議があるから、帰りが一時間遅くなると書かれていた。

部屋着を着せた公彦が洗面所を出て行こうとして、父の姿が頭をよぎり、あなたは腕を取る。

「公彦、廊下で遊んでくれへん」

「いややぁ」

「列車取って来てあげる。廊下の方がよう走るで」

公彦の顔が斜め上で止まった隙に、あなたはリビングに入る。神経が父に向かって尖《とが》ったが、父がさっきと同じ姿勢でテレビを眺めていることに鼻から息を抜いた。

あなたはソファーの後ろの部屋に入り、底の深いおもちゃ容《い》れの中から赤い列車を取った。廊下へと繋がるドアを開けると、公彦が洗面所から顔を出していた。あなたはドアをきっちりと閉めてから、廊下に敷かれた細長い絨毯《じゅうたん》の上に列車を置き、車輪を押しつけて後ろに引っ張ってから手を離した。公彦は足をばたばたさせて列車に飛びつく。あなたはそれを見て、風呂場のドアを開けた。

鏡に水垢《みずあか》がつき、蛇口の周りにはピンク汚れが見える。今週の風呂掃除は由梨が担当ではあったけれど、靴下を脱いだ。

泡をシャワーで流しているところで玄関のドアが開く音がした。「おかえりー」と公彦の声が響く。微《かす》かに母の返事が聞こえ、温度を調整して蛇口を思い切りひねる。勢いよくお湯が出て、徐々に湯気が上がっていくのを確認すると、換気扇をつけて風呂場を後にした。

廊下とリビングを繋ぐドアを開け、左側を見た。台所になっているそこで、小柄で肉付きのいい母が窮屈そうに冷蔵庫に食材を入れている。母の足元では、公彦がエコバッグの中を漁《あさ》っていた。

父を見る。スウェットの袖口から出ている手首が細く、筋が浮いている。父は一年前に胃がんを患い、胃の三分の二を切除した。調子のいい日が多くなってきたが、今日はずっと横になっていたみたいだった。

公彦が四《よ》つん這《ば》いになって列車を手で押しながら、あなたの横を通っていく。夢中になっているからか、父がいるソファーの背の方に進んで行くのを見ていると、「先に帰ってたんやったら、何でもええから作っておいて欲しかったな」と母が言ったのが聞こえた。

シンクで白菜を洗い始めた母に近づき、「私が帰って来たのも十分くらい前やねん」とあなたはさばを読んだ。母が白菜の水を切る。あなたの手の甲に水が飛び、トレーナーの袖にも水滴がつく。

「明日は何か作っておくね」

「ううん。ええよ。お母さん出来るから」

母があなたの顔を見て、目を大きく見開き、唇をぐいと横に伸ばした。頑張るの顔だった。直視できず目を伏せてしまったあなたが、何か言い訳しなければならないと思ったところで、テレビの音量が大きくなった。公彦が父の頭近くで遊び、プラスチックで出来た列車をガチャガチャ鳴らしていた。あなたはすぐに公彦と父の間に割って入り、父に「ごめんなさい」と謝った。

父は目の前にいるあなたの顔を見ることなく、テレビだけを見ている。沈黙の重さに、あなたの視線が下がっていく。太ももの上に置いた両手の指に力が入る。どうすべきか教えて欲しい。あなたは父を窺《うかが》う。視線はテレビに流れている。

公彦にお風呂入ろうかと声をかけたが、「いややぁ」と列車を押しながら畳の部屋へと行ってしまった。公彦を追いかけるため、父の視界の邪魔にならないように気をつけて立ち上がった。


古賀さんのタイピング音が止まった。あなたもさっき対応した顧客との会話内容を打ち終わったところで、待機のボタンをクリックする。古賀さんがマスクを外し、デスクの上にある水筒に口をつけた。

喉に手を当てたのを見て、「調子が悪いんですか」とあなたは小声で聞いた。古賀さんは周りに視線をやってから頷く。そうして、手元のメモ用紙に、きのう、夜、結実、ねつと走り書きした。

同居家族が熱を出したら、感染症でないことが判明しない限り、休まなければならない。しかし、一日休むと８４００円がなくなってしまう。古賀さんは、おばさんとびょういん、とペンを動かす。

あなたは引き出しからのど飴《あめ》を取った。医薬部外品タイプの物で、ドラッグストアで安売りをしていたら買い溜《だ》めをしている。長方形の箱を開け、五粒が入っている一袋を抜いて古賀さんのデスクの上に置いた。驚いた表情で古賀さんは手を横に振ったが、あなたは首を振って返す。そうして、指先でのど飴を古賀さんの方に押した。

古賀さんは少し頭を下げ、のど飴を受け取ってくれた。手の中にある飴の袋を眺めながら、「喉の調子が悪くなったらのど飴か」とぼんやりとした口調で言った。

あぁ、とあなたは心の中で呟く。のど飴の存在を忘れていたのだ。子どもを育てていると、自分のことが後回しになる。子どもがいなかった時に当たり前だったことをすっかり忘れてしまう。

「あたし、前のパートがスーパーで、この時期にレジ横にこれをよく並べてた。子持ちが多くて、休んでもお互い様で、結構いいとこだった」

「どうして」と口にしてから顔を下げる。あなたは古賀さんの言葉が、あなたの話す大阪弁とは違うとわかっていながら、どこ出身なのかも聞けていない。

「立ち仕事で、腰、駄目にして」

古賀さんが腰に片手をやってから、飴の袋を開ける。一つ口に含み、「関本さんの前の仕事って何だったの？」と聞いてきた。あなたは返事になっていない低い声を響かせながらパソコン画面に視線を流す。

「普通に勤めていましたよ」

「何系？」

　プルッ、あなたにコールが入った。古賀さんが顔の前に片手を立て、あなたは、片手を振ってから「お電話ありがとうございます」と口にした。

　ダイニングテーブルに豚バラと大根の煮物が入った深皿を置いた。公彦にご飯を食べさせ、風呂、保湿、着替え、歯磨きをして寝かしつけたら、九時を回っていた。公彦は保育園のお迎えに行った時からぐずり、何かにつけずっと抱っこをせがんできた。そのために、あなただけ夕食を食べるのが遅れた。

　あなたは数時間ぶりにスマホに触れる。由梨から返事は来ていなかった。由梨の帰宅は六時とホワイトボードに書かれていたが、一時間経《た》っても帰って来ず、母にメッセージを送るように頼まれていた。

「疲れたわ」

　母が両肘をテーブルについた。ねぎらう言葉をかけたいと思うが、どの言葉が正しいのかわからず、頷いて味噌《みそ》汁を飲む。「由梨から返事はないんか」母が醬油《しょうゆ》せんべいを口にしながら聞いてきたことに、あなたは首を縦に振る。母は嚙《か》み砕く音をさせ、「もう九時過ぎてんやで」とぼやいた。

「去年も、あの子は十一月、十二月って忙しくしてたで」

母が何を言いたいのかうっすら勘づいている。あなたも考えていることで、でも、まだ口にしたくなかった。あなたはご飯を頰張る。頰の内側が伸びてじんとする。強く嚙み、飲み下し、大口を開け、ご飯と味噌汁の具を口に入れる。深皿に残った煮物は明日の朝にでも食べればいい。ご飯だけでも食べ終わってしまえば、味噌汁の汁は流しに捨ててもいい――

「あの子、また悪いことやっているんやろか」と母が言った。あなたは、かろうじて不自然ではない早さでご飯で口に蓋をする。

「何か聞いてへん？」

ご飯を嚙まずに頰を膨らませ、顔を傾ける。母はあなたからの返答を待ったが、頰の張りを萎《しぼ》ませないでいたら、視線を下げた。あなたはご飯を嚙んで飲み下し、茶碗《ちゃわん》の残りを全て口に入れて立ち上がる。母の視線が絡んで来るのを感じながら、お盆の上に食器を載せ、流しの前に立つ。しかし、母はあなたを凝視したままだった。あなたは鼻から息を抜き、味噌汁で口の中の物を流し込んだ。

「最近、話らしい話してないねん」本当のことなのに、あなたにさえ言い訳のように聞こえる。

「夜が遅くなったと思わへんか」

「残業や夜勤とかやからやろ」

「そうやない。何でわからへんのかなぁ」

母の口調に苛立《いらだ》ちが含まれたのには気づかないふりをして、スポンジに洗剤をつけて食器を洗っていく。母が立ち上がる気配に、あなたの身体に力が入る。母がカウンターの上に飲み干した湯飲みを置いた。

「また、男の人が出来たんやろか」

母は額に手を当てながら言った。「夜勤はやめてって言うたのに」由梨が配送会社の倉庫の仕事をするとなった時、母は釘《くぎ》を刺していた。由梨は「しんどいからせぇへん」と雑に返していたが、結局、夜勤をしている。

「考えすぎやないかな」

あなたは母の湯飲みを手に取った。まだほんのりと温かい。母が顔を上げ、「あんたも知ってるやろ」と目を合わせようとする。知らないわけがなかった。あなたと由梨の部屋は隣同士で、由梨が携帯を持った中二の頃から、夜になると熟《う》んだ声を聞かされていた。由梨にとって、夜が遅くなるということはそういうことでしかなかった。

「公彦の時も、夜勤やゆうて夜勤やなかった」

あなたは水を止め、首を傾《かし》げる。由梨は短大卒業後の社会人三年目で一人暮らしを始め、公彦が出来た時は実家にいなかった。母に夜勤かどうかわかるはずがない。

「私な、あの子の家に夜にたまに見に行ってたんや」

母は、由梨のマンションに、おかずを作っては持って行っていた。由梨も、食べ物は黙って受け取っていたようだった。

「ちゃんと帰ってきているか、確認しに行ってた」

「お父さんに見に行くように言われてたん？」

「そういうわけやないけど」

あなたの家では、学校や仕事が終われば、どこにも寄らずに帰って来るようにと教えられている。買い物や用事がある時は、冷蔵庫のドアにかけてあるホワイトボードに行き先と帰宅時間を書くのがルールだった。あなたの家には門限がある。現在は九時。中学生の頃は五時、高校は六時、大学は七時で、アルバイトがある日は九時まで延びた。仕事に関しては、父は寛容なのだ。

母が夜に家を出たということは、それは父が許したということでしかなかった。あなたは想像する、父から察した母が、由梨のマンションを見上げる姿を。由梨の部屋のカーテンは閉まり、母は車の中で、ハンドルに両手をかけて待つ。

けれど、それだけでは夜勤かそうでないかまではわからない。きっと他の方法でも、由梨の行動を追いかけていたのだろう。両親は由梨の一人暮らしに反対していた。母と毎晩のように喧嘩《けんか》をし、あまりに言い争いが行き過ぎた日に、誰かはわからないが近所の人に通報されて警察が来た。

「男の人が出来たんや。きっと、そうやわ」

食器は全て洗い終えてしまった。もう、あなたがここにいる必要はない。しかし、母が、あなたがまだここにいることを望んでいる。

「公彦のことちゃんと考えているんやろか」

今週、由梨に、音楽会の帰りにファミレスに行く約束を公彦としたことを伝えたら、音楽会っていつやったっけと聞き返されたことを思い返しながら、「由梨にもう一回連絡しとく」と言った。

「あんたも本気で幼稚園の先生に戻ること考えなさい。もう派遣は辞めなさい」

母はそう言ってリビングを出て行った。あなたは食器を拭き、食器棚にしまう。湯飲みを置く時に、元からあった湯飲みを横にずらそうとして、ふちの部分に口紅の洗い残しがあるのに気づいた。

母とあなたは口紅を持っていない。大学生になった頃、化粧をしたあなたの顔を見た父に「男に媚《こ》びたいんか」と聞かれ、顔が熱くなった。

流し前のカウンターに置かれている時計を見た。十時近くになろうとしている。由梨はまだ帰って来ない。あなたはスマホに触れる。幼稚園教諭に戻る時期に来ていると父が言っていると、さっき母が代弁してくれた。


あなたが歩けるようになった頃には、父はあなたに多くのことを教えるようになった。

道路を横断する時は母と手をつなぐこと、食べ物はよく嚙むこと、ドアに指を挟まないように気を付けること、挨拶は丁寧に、いただきますは気持ちを込めて、外から帰れば必ず手洗いうがいをすること――

あなたが小さな、とても小さな身体をしている頃、教えられたことを守らないことが度々あった。あなたは本当に小さかったために、教えられたことと自分の身体感覚が合わないことなどがあったのだ。

母はこういう時、あなたの両肘を握り、身体の横に強くつけ、目を大きく見開き、唇をぐいと横に伸ばす頑張るの顔をした。

「環ちゃんなら絶対に言うことを聞いてくれるやんな」

あなたは両肘が痛かった。母から離れたくて頷くと、母が父を嬉《うれ》しそうに見上げるのだった。

しかし、それでも守りたくない時がやはりあった。そういう時、まだ由梨がいない家の中で父に無視された。母もあなたに話しかけてくれなくなった。あなたはきまって泣き叫び、許しを請うのだった。床に額をつけて突っ伏し、まだ明瞭に発音できない口で謝罪をするのだ。見かねた母が、父に「もうええんやないでしょうか」と声をかけ、無視は終わるのだった。

もう少し言葉が話せるようになった頃、あまりにも長く無視される日々があった。あなたはいつものように突っ伏して泣き、許しを請うた。けれど、一日経っても、二日経っても、父は無視し続けた。

母は幼稚園の歩き登園の集合場所では笑顔を見せたが、二人きりになるとよそよそしかった。

あなたは帰って来た父の足元で許しを請うた。けれど、父はあなたに気づいていない様子で、あなたの手を踏んで家の中に入っていった。

あなたは、自分が本当に存在しているのかどうかすらわからなくなってきた。父に踏まれた手は痛かったけれど、痛みが和らぐと、また自分がよくわからなくなっていった。あなたは自身を殴った。頭、頬、太もも、どこも痛い。あなたは大声をあげて泣いた。父と母の元に走り、何度も何度も許しを請うた。二人は夕食を食べ始め、あなたの声が聞こえていないようだった。

あなたはやっぱり自分が存在していないのではないかと思い、壁に何度も額を打ちつけ、指先で自分の腕をつねった。痛かった。全て、痛かった。けれど、父も母も大丈夫かとあなたに聞いてはくれなかった。

はさみを手にした。自分の顔に突き刺そうとして母が止めた。大声を浴びせられ、気づいた父があなたの頬を強く張った。

あなたの身体はバウンドしてカーペットの上に横たわった。痛みが小さな身体を覆った。あなたは泣いた。ここにいるのだと喜びに震え叫んだ言葉は、謝罪だった。

徐々にあなたは父の教えに馴染《なじ》んでいった。あなたの気持ちにそぐわないものもあったけれど、父は当たり前のことを言っているのだと、身体が大きくなるにつれ腑《ふ》に落ちていった。

父の教えてくれることは、大抵間違いがなかった。けれど、違うと明確に思ったことがあった。小学校三年の頃のことだ。教えられた具体的なことは忘れた。ただ、違うという言葉を使うのも大げさなほど、些細《ささい》なことだったと覚えている。けれど、あなたは父を少しだけからかってみたくなって、間違っていたと言いに行った。

父は、床の上に新聞を広げて読んでいた。夕飯を食べた後だった。父は朝刊も夕刊も目を通すのが日課だった。

あなたは、肉が沢山ついた丸い背中に手を当てて父を覗き込んだ。あなたは父の背中の弾力が好きだった。軽く指先を肉に食い込ませながら、間違っていたことを笑って言った。父はあなたの顔をさっと見た。今にも怒りが弾《はじ》けそうな目に、恐ろしくなって離れようとしたけれど、父に両肩を握られた。

「ほんまに僕が間違ってたんか。僕はそんな風に言うてへん。お前が聞き間違えたんとちゃうか」

あなたはすぐに謝った。けれど、父はあなたの両肩を握る手に力を入れ、「よく思い出しなさい。僕がほんまに言うたんか」と問うた。あなたはわからなくなった。父が言ったはずだった。父に問い直されてわからなくなった。あなたは謝った。

「人のせいにするのは、恥ずかしいことや。よく覚えておきなさい」

あなたは父に前後に揺さぶられ、肩に指の先が食い込んで来る痛みに耐えた。痛いと言ってはいけないことだけ、あなたにはわかった。

中学二年の夏休み、地元の盆踊り大会に行かないかと友人に電話で誘われた。あなたは小学生の頃、母に数回連れて行ってもらって以来行っていなかった。

父が許してくれないのはわかっていた。門限は五時で、あなたは部活にも入っておらず、塾にも行かずに母に勉強を教わっていた。

しかし、友人の誘いはあなたにとってはあまりに魅力的だった。母にお願いをすると、「あかんに決まってるやろ」と、大丈夫か？　と訊《たず》ねられるように言われた。しかし、すぐに引き下がらず、九時には近所の子と帰って来るからと言った。母は首を横に振った。どうして、とあなたは泣き声を上げた。

あなたにしてはとても珍しいことだった。あなたは五時に家に着かなければならないために、遊んでいる途中でも帰宅していた。

友人たちの家では許されていることが、あなたの家では許されない。それは父の教えなのだから仕方がないとわかってはいても、盆踊りは特別に思えた。

顔を赤くして泣くあなたの側に由梨が来た。お姉ちゃんと見上げて来る顔があなたと同じ色に染まっている。母は、自分からお父さんに頼みなさいと言った。

「私はあかんとしか言えないから、あんたからお父さんに頼んでみたら」

涙が止まった。あなたは、自分から父に言いに行くことは考えていなかった。母が駄目だと言ったことに対し、父に聞いてみて欲しいと頼むことはあっても、あなたから父にお願いすることはなかった。

あなたは父に何度も切り出そうとしては、機嫌が悪くなった父の姿が鮮明に頭に浮かんだ。機嫌が悪くなった時の恐ろしさと同時に、この時のあなたには面倒臭さもあった。

父の機嫌が悪くなれば、ほとぼりが冷めるまで、あなたの方から十分に意識をして父に存在を感じさせないようにしなければならなかった。無視とは、無視をする側以上に、される側が気を遣わなければ成立しないのだった。

結局、あなたは家での生活における楽さを取った。あなたが過ごせる場所は、家以外ないのだった。

夏休み明け、友人たちの盆踊り大会での出来事の話を聞きながら、父が教えることは間違いないのだからとあなたは心の中で唱えた。

その後、両親の勧めで、地元の高校、女子大へと進んだ。両親が二人とも高校教師ということもあって、教師を目指そうとしたが、「お前には高校教師は難しいんとちゃうかな」と父に言われ、幼児教育学科を選択した。

幼稚園教諭の資格を取り、実家から車で三十分ほどの所にある私立幼稚園に就職が決まった。父が良かったと言ってくれた。あなたは正しいことをした時の胸がいっぱいになる感覚を久しぶりに味わい、「単位取るの難しかった」と照れ笑いをしたら、「僕らの方が難しいからな。驕《おご》りなや」と窘《たしな》められた。

幼稚園教諭としての仕事は、年中の副担任から始まった。バス当番の日は五時に起きてバスに乗り、四十分程で幼稚園に戻り、軽いミーティング後に教室へ、連絡帳の回収をして出席を取り、園児の成長に合わせてのお絵描きなどを通じての学習、外遊び、昼食、トイレの付き添い、季節ごとの行事やその練習で過ぎる時間の隙間を見計らって連絡帳の返事を書く。降園時間になると、バス当番は園庭に行き、他の先生は預かり保育の準備などに入る。

家に帰れば園児への手紙の作成、毎月壁を飾り付けるための準備、発表会の衣装の作製などがあった。寝るのは、毎日零時を回っていた。

二年目は年長の副担任だった。同期で入った他の二人は、主担任になった。あなたは両親にそのことは言わなかった。

二年目の終わり、受け持つ園児に怪我《けが》をさせてしまった日があった。園庭で追いかけっこをして遊んでいる最中にこけた。膝をついた場所が、花壇のブロックだった。園児は激しく泣き、膝は赤というよりも黒くなった。

園児の泣き声で頭が埋め尽くされ、耳の中が膨張し、あなたは両手で自身の頭を抱えた。主担任に言いに行かなければならない。しかし、あなたは主担任が怖かった。何をしても、何を言っても、全く受け入れてくれなかった。そうして、言葉一つ、しぐさ一つまでも指導を受けるようになっていた。今、どうすればいいかわからない。いや、教えを請いに行かなければならないことはわかっている。けれど、何と言えばいい。頭痛が酷《ひど》く、ちゃんと見ていなかったと本当のことは言えない――

遠くから主担任の怒声が上がった。あなたは顔を上げた。園児の一人が、主担任を呼びに職員室に走ったようだった。あなたは主担任の顔を見て震え、自分を支えるために両腕で自身を抱く。主担任が大声で状況を問うた。あなたは頭を下げた。自分の責任だと思った。全部自分が悪い。あなたは頭を下げ続けた。血が頭にたまり、頭痛が酷くなった。あなたの口から謝罪の言葉が漏れる。何度も、深く、頭を下げる。主担任はあなたに問いを投げ続け、あなたは謝罪で返した。

園児の骨に異常はなく、全治二週間の打撲で済んだ。あなたは職員室で聞き、泣き崩れた。あなたはまた頭を下げた。誰も、いつ頭を上げればいいのか教えてくれなかった。

ただ、視線を感じた。顔を向けたが同僚たちは各々の仕事をしていた。また違う方向から視線が飛んで来た。あなたは顔を俯け、そちらを見なかった。あなたは直に見られていないのに、同僚たちからあなたがどういう状態になっているのかを、しっかりと把握されている見ない視線を、浴びせられているのがわかったのだった。

目を腫らして玄関を開けた。ニューバランスのスニーカーを脱ぎ、廊下を進んでいる途中で、母が小声で父に話をしているのが聞こえた。由梨の話だった。男の人が出来たようだと母が言った。「気色の悪い」と父が吐き捨てる。

「男、男、男。それしか頭にない」

胃液が上がって来た。鎮痛剤を多く飲んでいた。食道が焼ける痛みに耐えられず、トイレへ向かった。吐いて、口の中をゆすぐように唾液を落とす。

「環？　帰ってんか？」

母があなたを呼んだ。「うん」と答えた拍子に、口内に残った胃液を飲み込んでしまった。熱をもった痛みが喉を落ち、追いかけて唾を飲む。トイレから出たら母が立っていた。「どうしたん」と母に聞かれ、あなたは違和感のある胸の真ん中辺りを擦《さす》った。母の眉間に皺《しわ》が寄り、「えらい痩せたんとちゃうの？」と言われた。

母の言葉にあなたは自身を見下ろした。トレーナーはだぶつき、袖口から覗く手首は細い。足元に視線をやると、ジャージの裾が床にくたりとついている。腹が凹《へこ》み、腰まで下がっていた。毎日鏡を見ているはずなのに自分の姿がすぐに像を結ばない。

「胃が悪くなってんか」

母の声に心配している雰囲気を察し、あなたはすぐに腹に手をやる。「早い目に病院に行きや。今日はうどんでも作ったろか」と言ってくれた。目が熱くなり、頷くようにして顔を伏せた。

鎮痛剤の飲み過ぎのためか、胃の調子はそこからさらに悪くなっていった。病院で薬をもらったが、劇的に改善されることはなく、食べる量が減っていった。そうして、痩せ続けると母からの視線に労《いたわ》りが増していくのを感じた。

三年目、あなたは副担任にすらなれなかった。サブ担当になった。バス当番と預かり保育を受け持ち、日中はお休みの先生の代わりや、園の行事の雑用をした。若い正規教員がするものではなかった。定年退職をした人や、パートで来た人がするものだった。

両親には、現在でもサブ担当をしていたことは言っていない。

公彦が興奮している時の甲高い声を上げ、滑り台を滑り降りた。滑り台の終点の地面は凹んでおり、公彦はそこに短い両足をつける。

両腕を上に伸ばして立ち上がり、ベンチに座っているあなたの方を向いた。Yの字になり「たまちゃん、もういっかいいっ」と叫んだ。

暗くなってきた公園に人はおらず、公彦の声はよく響いた。あなたが笑いながら頷くと公彦は滑り台の後ろに回り、両手で手すりをつかんで階段を上る。もういっかいを五回は繰り返している。初めは落ちないかとつきっきりで見ていたが、公彦はあなたに階段を上るところを見られているのが煩わしいのか、「あっちいって」とベンチを指さし、三回目であなたは滑り台から離れた。

公彦が滑り台のてっぺんにたどり着き、両足を伸ばして尻をつけた。公彦はここからすぐに滑らない。空を見上げ、錆《さ》びた格子を撫で、伸ばした足先を見る。そうしてまた、空に目をやるのだった。

公彦は上半身を前に倒した。すすーっと滑り、またYの字になってくるくる回る。あなたは名前を呼ばれ、もういっかいに頷き、公彦が滑り台の階段に向かう。あなたは公彦を見守りながら、母に幼稚園に戻るようにと言われたことを考える。

父が母に言ったのだ。おそらく、父はもっと早い段階で望んでいたのかもしれない。けれど、由梨と公彦が実家に戻って家の中がごたついたことや、自身の病気でそれどころではなかったのだろう。

風が吹き、あなたの頬を冷やす。公彦が前に上半身を傾け、滑り台を降りる。両足を地面につけ、やはり両腕を上にし、Ｙの字になった。街灯に照らされながらくるくると回る。あなたはその姿をスマホで撮影した。公彦が今度はもういっかいの確認もせず、滑り台の後ろに回る。わかっているなとあなたはほくそ笑む。もう帰らなければならない。あなたは嬉しく、そうして、寂しい。もうこれ以上知恵をつけないでくれと思ってしまう時すらある。公彦は、今回はさっと滑り、あなたはベンチから立ち上がった。

「そろそろ行こか」と声をかける。公彦が何も言わず、滑り台の階段へと走っていくのを抱きとめた。

「いや、いやっ。いやぁ！」

五時を回り、公彦の身体も冷たくなっている。公彦があなたから逃れるように、両手で突っ張ってくるのが痛い。母が帰ってくる前に晩御飯を作り終わっていなければならない。腕の中で公彦がもがく。いや、いややっ、はなして、いやっ、細切れの叫びが大きくなっていくのに反応して、腕に力を入れていく。公彦の名前を呼び、お願いいやからとあなたは公彦を胸に押し付ける。公彦の声があなたの服に染み込み、あなたは小さな子の頭をさらに胸に押し付ける。公彦のためだからとあなたは囁く。母の頑張るの顔が浮かぶ。三年目のゴールデンウィーク明けの朝、幼稚園を休むと言った。

熱があるのかと聞かれた。あなたは首を振った。母は頑張るの顔をして、両手を握って前に出した。父は、玄関へと向かう通り過ぎざまに「僕ら高校の教師とは違って、幼稚園の先生いうんはましやと思うよ」と言った。今、コールセンターの派遣なのだ。ズルをしているようなものだ。父のために風呂に湯を張らなければならない。入りたい時に風呂が沸いていないと父の機嫌が悪くなる。いつもより早い目にお迎えに行けたからって、どうしてお願いされるまま公園に来てしまったのだろう。自分の思慮の浅さが嫌になる。公彦がすぐに帰らないのはわかっていたことなのに。公彦の泣き声が身体に伝う。あなたはさらに公彦を自分の身体の中に入れる。泣き声がくぐもり、苦しそうな息遣いがのぼって来る。最後の力を振り絞るように公彦があなたから離れようと腕を突っ張ったものの、あなたは渾身《こんしん》の力でもって包む。公彦の息が短くなっていくのを感じ、徐々に力を緩める。後頭部をつかんでいた指先をほんの少し浮かせる。公彦が顔を上げ、口を動かし息を吸う。涙で顔全体が濡れている。けれど、もう泣いていなかった。息を吸うことに夢中になっているようだった。あなたは、公彦の頭を撫で、お家でお菓子食べよっかと言った。

　公彦が唇を震わせ、背を反らして息を吸う。ちょっとだけやけどとあなたは公彦の背中を撫でる。公彦がまた泣き始めた。さっきとは違い、あなたに縋り付く。あなたは頭を撫でる。熱いなとあなたは思った。子どもは泣くと熱い。

あなたは肩から力を抜き、掛け声とともに公彦を抱き上げた。自転車へと軽く走りながら、母に言われたことをまた思う。父が、幼稚園教諭に戻れと言っている。絶対に戻らなければならなかった。


チャイルドシートから降ろすなり、公彦は軽自動車から離れようとして、あなたは両足で挟んだ。公彦が笑い、あなたの足に小さな指を立てるので、両膝に力を入れる。面白いだけが伝わる声を上げているのに、あなたの心がくすぐられる。あなたがスライドドアを引っ張ったところで足が緩み、公彦が逃れてしまった。

視線を投げた先には由梨がおり、公彦の腕を摑《つか》んだ。公彦が由梨を見上げ、逃れようとして後ろに腕を引っ張られ、由梨の脛《すね》にぶつかって止まる。

由梨はもがく公彦を自身の方に向け、「車がいっぱいあるとこはじっとするって、前に約束したよな」とすごんだ。由梨はしゃがんで公彦を下から覗き、「約束破ったらもうどこにも連れて行かへんって言うたよな」と続ける。公彦の泳いでいた視線があなたをとらえ、力なく口の端を持ち上げた。あなたが近づこうとしたら、乾いた音が公彦のお尻で弾ける。

「何笑っとんねんっ。もう帰る」

由梨が公彦の腕を引っ張り、引きずってあなたの方に向かって来る。

「せっかくここまで来たんやし。買い物して帰ろう」

「ほんなら姉ちゃんだけ買い物して帰ったらええやん。車の鍵貸してや」

あなたが言葉を見つけられないでいると、公彦から泣き声が聞こえて来た。左腕を引き上げられ、片足が浮いている。

「泣くなっ」由梨が一喝する。あなたは公彦に近づき、背中を撫でた。由梨が公彦の腕を振り払い、軽自動車に背中を預ける。スマホを片手で操作しながら「お姉ちゃんが甘すぎるんやって」と言った。

「お姉ちゃんかって怒りや。何でも許してばっかりやったらあかんやろ。周りと合わせて生活すること教えなあかんやん。私かって怒りたくて怒ってるわけやないから」

由梨が言っていることは正しいと思う。けれど、あなたには公彦に対して怒ることが何も見当たらない。ごめん、とあなたは口にはした。誰もがよくするその場を丸く収めるための謝罪だった。

公彦が落ち着いてきたのか、小さくなってきた泣き声の合間を縫って、由梨が「私、家出よう思っててんねん」と言った。

由梨がスマホを見たままスーパーへと歩き始める。あなたは公彦を抱きかかえて追う。ふくよかな背中とどんどん距離が開き、追いついた時には、由梨はカートの上下に買い物カゴを置いているところだった。あなたから公彦を剝がし、カートに付けられている幼児用の椅子に座らせる。

さっき、とあなたは言い、次に続ける言葉の前に、由梨が特価になっているチョコパイの箱をカゴに入れ、「出るよ」とカートを進める。

「前から考えてた。お母さんにはちょいちょい言うてたし」

母が「あの子、また悪いことやっているんやろか」と言っていたことが頭に浮かぶ。

「保育園はどうするん」

由梨は質問に答えず、にんじん、ほうれん草、白菜などを次々と入れていく。スマホを触りながら、ジャガイモをよく見もせずにカゴに入れた。あなたはカゴに入ったジャガイモの袋を取る。ここのスーパーのジャガイモは、買った時から芽が出ているものがある。

「そういうところがほんまに無理やねんけど」

カートが止まり、公彦が不安げな様子であなたを見上げる。あなたは公彦に軽く頷き返す。

「ほらな。そうやって公彦の一番の味方ですっていう顔するのもめっちゃ疲れる」

あなたが首を振って由梨を見たら、「その顔も嫌っ」と吐き捨てられる。

「私をいちいち責める顔すんのやめてや」

「責めたことなんてないよ」

「嘘つけやっ」

高ぶった声に周りの視線が集まり、由梨はカートを進める。

「実家からそんな離れてないから。保育園のお迎えとかは今まで通りの感じでやって。私が帰ってくるまで公彦を実家においといてもらったら、迎えに行く」

「公彦に負担がかかるやろ。由梨かってしんどいやろうし。もう少し公彦が大きくなるまで実家におったらええやない」

「ずっと親に甘えてばっかりって方がおかしいやろ」

由梨があなたを直視した。あなたのことを蔑んでいることが十分にわかる視線だった。

「姉ちゃんこそ家出たら？　親に迷惑かけるのもたいがいにしいや」

迷惑――由梨のように、小四の時に両親から遊んではいけないと注意された子と遊び続けて池に落ち、小六では禁止されていた夏祭りに行くために家を抜け出し、中学では、母に教えられたくないと駄々をこねて通わせてもらった塾をさぼり、あげく煙草《たばこ》を吸っているのを見つかり補導され、専願で入った私立の女子高では両親に隠れてバイトをし、父がそれを知って母にバイトを辞めさせるために謝りに行かせ、ねじ込んだ附属の短大では夜遅くまで遊び、朝になって帰って来た時に、両親と怒鳴り合ったことはどう思っているのだろうか。

あなたは、ジャガイモの袋を返した。やはり、芽が出ているのが二つもあった。出て行くとは言っても、もう少し猶予はあるだろうとあなたは思っていたが、二人は正月が過ぎてしばらくすると出て行った。独りになった部屋で布団を敷いた。公彦のいびきのような寝息が聞こえない。何度も、何度も、寒いなとあなたは思い、布団を首の隙間に押し込むことを繰り返しては眠れなかった。

あなたの家から自転車で十分ほどの距離にある、再開発されたUR団地の中にあなたはいた。日は暮れ、街灯はあるが、辺りはよく見えないため、とろとろ自転車を漕いでいた。後ろには結実ちゃんが乗っている。

仕事終わりにスマホを見ると、体調不良で休んだ古賀さんからメッセージが来ていた。結実ちゃんは、なんとか保育園に預けられたそうで、公彦のお迎えに行くのなら、結実ちゃんも一緒に連れて帰って欲しいとお願いされた。古賀さんは高熱で動けず、一緒に暮らしている叔母さんは肺炎になって入院したとあった。

十一月にのど飴をあげた頃から、体調を崩しては持ちこたえるのを繰り返している様子だった。三日前に市販薬を替えてましになったと言っていたが、小康状態だったのだとあなたは思う。子どもがいると、うつしうつされを繰り返すことがある。

「あっち」結実ちゃんが声を上げた。蛇行運転をしていた自転車のブレーキを握り、振り返る。結実ちゃんが人差指を右方向に向けている。小さな、短い指だ。示された方向は、白い光を放つ街灯が等間隔で立ってはいるが、自転車置き場があるようには見えない。

「あっち」結実ちゃんがチャイルドシートから身を乗り出しそうになって、慌ててハンドルを切った。

広場のようなところを突き抜け、建物の近くに寄った所で、結実ちゃんは「あっち」と左方向を指さした。建物を左手に自転車を走らせていると、すぐに建物の終わりが見え、左奥に駐輪場があるのが見えた。あなたは自転車を停め、結実ちゃんを見下ろす。

結実ちゃんを迎えに行ってからスマホにほとんど触れず、「あっち」という言葉を信じて来た。

「すごい」あなたは心から褒めた。結実ちゃんはどこか誇らしげに、それでも恥ずかしいのか、首を傾げるというよりは上半身を曲げて、くしくしと笑ったのに、あなたもつられて口角が上がった。

玄関には色とりどりの小さな靴がいくつも転がっていたが、大人の物は一足しかなかった。黒のニューバランスのスニーカー。靴底が擦り減っているのか斜めに傾き、つま先は削れ、靴紐はひどく汚れている。古賀さんがいつも履いているものだった。

「ありがとうございました」

古賀さんが足に絡みつく結実ちゃんの相手をしながら頭を下げた。あなたは身体の前で両手を横に振り、「ついでみたいなもんですから」と軽い嘘をつく。

古賀さんがまた頭を下げようとしてよろけ、近くにあったテーブルに手をついた。あなたは両手を差し出し、届く距離ではなかったことに気づいてすぐに腕を下ろす。

「熱は下がったけど、昨日から食べてなくて」

低い声があなたの口から漏れ、結実ちゃんを見る。古賀さんが慌てて「結実には食べさせていたから」と付け加える。あなたは首を横に振る。責めたわけではない。けれど、そう受け取らせてしまったのが申し訳ない。

「良かったら、何か買ってきましょうか」

「そんなつもりで言ったわけじゃ……」古賀さんがテーブルから手を離し、すぐにまたつく。

「ここに来る途中でスーパーを通り過ぎたので、場所はわかります」

「大丈夫です」

「おなか、すいた」と呟く声がした。古賀さんが足元にいる結実ちゃんを見下ろす。

あなたは肩にかけたトートバッグの紐を握る。財布の中には数千円ある。お弁当二つなら、古賀さんの負担にぎりぎりならないくらいだろうかと思ったところで、古賀さんが尻から落ちるように椅子に座った。

「買って来てもらうより、うどんがあるから、それを煮てさえもらえたら」

あなたは何度か素早く頷いてスニーカーを脱いだ。

結実ちゃんは食べるのが早かった。目の前に座っている結実ちゃんのために、うどんを小皿に取っては冷まして食べさせるのだが、すぐ空にしてしまうので冷ますのが追い付かない。

「関本さん、結実にかまわず食べてください」

あなたの分のうどんもあった。古賀さんが、良かったら食べて帰ってくださいと言ってくれたのだった。素うどんでいいと言われたが、結実ちゃんや古賀さんの体調のことを思うとしめじ、白菜、卵を入れていいか聞いた。

「結実、もうお汁はだめ」

古賀さんが言った。あなたも公彦によく言う台詞《せりふ》だった。結実ちゃんはぐっと顎を引いて古賀さんを見てから丼を指す。あなたはどうすればいいかわからず、古賀さんを見る。

「あと一杯だけだよ。わかった」

結実ちゃんは古賀さんを見ずに、テーブルに両手をついて丼を覗きながら頷いた。あなたはスプーン一杯分の汁を小皿に入れ、結実ちゃんの前に置いた。そうして、やっと自分のうどんに箸をつけた。一口啜《すす》ると唾液がわき、腹が減っていたのだと気づく。胃が温まり、箸の動きが速くなっていった。

結実ちゃんがまだ足りないと言うので、冷凍ご飯を温め、三人で納豆二パックを分け、かけて食べた。結実ちゃんは食べ終わったら、古賀さんに「アンパンマン」と大きな声で言った。古賀さんが結実ちゃんを椅子から降ろし、隣の部屋へと続く、木枠にガラスが嵌《は》められた引き戸を開いた。

見るともなしに目に入ったそこは、衣類や寝具、おもちゃなどでごったがえしていて、手元の湯飲みに目を落とす。引き戸が閉められる音と共に、あなたは湯飲みを口にして、顔を上げた。

古賀さんが椅子に座り、あなたはお暇《いとま》しようと湯飲みを持ち、後ろにある流しの中に置く。「洗い物はあたしがするんで」と古賀さんが言ったが、「いえいえ」とあなたは明るい声を装い、出来るだけ速く皿洗いを済ませた。

手を拭いて振り返ると、古賀さんがテーブルに突っ伏していた。鼻水を啜る音が聞こえ、あなたは古賀さんの頭頂部を眺める。一つにくくられたほつれた髪は、根元が真っ黒で毛先にかけて茶色から明るい黄色へと変色している。

「すみません」

あなたは首を振ってから見られていないことに気づき、どうしたのか聞いていいのか逡巡《しゅんじゅん》していると、古賀さんがトレーナーの袖で目を拭いながら顔を上げた。

「泣くとか、情緒不安定かよって感じっすよね」

あなたは首を振る。何か言った方がいい。けれど、言葉が浮かばない。あなたが何を言っても、きっと全て場違いだと思う。

「今日は本当に助かったー！」

古賀さんはおちゃらけて明るく言ったのに、いや、もう、マジで、と続けて言った意味をなさない言葉がまた潤む。

「大丈夫」とあなたは言った。

古賀さんが顔を上げ、あなたと目を合わせる。開いた目の端から涙が頬を伝う。結実ちゃんのお迎えも、うどんを作るのも大したことではないと頷いてみせる。古賀さんはテーブルに片肘をつき、額を支えた。

きっと何か言葉をかけた方がいいのに、やはり言葉は浮かばない。古賀さんの肩が微かに上下する。泣いている。あなたは流し台に腰を当て、右手で左肘をつかむ。早く帰った方がいい。けれど、帰ると伝えるタイミングがつかめない。アンパンマンの声がする。公彦はトーマス派だ。公彦は元気でやっているだろうか。この三日、迎えに行かなくていいと言われて行けていない。

古賀さんが後ろの部屋に向かって上半身をひねる。「あたし、結実が大きくなって自立したら、家に帰って来なくていいよって言ってあげたいんですよね」あなたの視線が古賀さんに流れ、「どうして」とあなたが呟いた声に、古賀さんが振り向く。

「帰って来たいなら、それはそれで全然いい。どっちでもいいようにしたい」

古賀さんはここに来た時よりも、顔色が良くなっていた。もう二十七と言える頬が、乾こうとしている涙で光る。結婚して、子どもを産んで、離婚して、それでもまだ子宮が劣化していない女の肌だった。

スマホの振動する音が響いた。テーブルの下に置いたあなたのトートバッグからで、慌ててスマホを取る。画面に浮かんだお母さんの文字にすぐに通話ボタンに触れる。耳に当てるより前に、「どこにおるん」と母の低い声が流れた。

あなたは古賀さんに背を向け、「まだ古賀さんの家、もう帰るよ」と素早く囁く。

「あんまり遅くなるんはあかんって」

母の声量が小さくなっていくことに胸が揺らぐ。父が、母の後ろ姿を眺めている。

「すぐ帰る」

古賀さんを見ると椅子から立ち上がっていた。古賀さんが首を傾げる。あなたはトートバッグを肩にかけ、玄関に向かう。

「母から電話があって」

「何かあった？」

「早く帰らないと父に叱られるって」

あなたはスニーカーに足を入れているので気づかなかったが、古賀さんは小さく聞き返す声を発していた。

「それじゃあ」とあなたは顔を上げる。古賀さんがスマホを見た。時刻は八時になろうかという頃だった。古賀さんがあなたにお礼を言おうとした時には、あなたはもうドアの外だった。古賀さんはさっきあなたが言った言葉を心の中で繰り返した。早く帰らないと父に叱られる。古賀さんはまた時間を確認した。やはりまだ、八時になっていなかった。

大阪府を南北につらぬく四車線の道路が、あなたの右側にある。漕ぎ進めていた自転車を停め、手の中にあるスマホを見た。地図上の青い丸印は、示されたルートの上にのっている。指でスライドすると、ルートは少し先にあるコンビニで左折になっていた。あなたはまたペダルに足をかける。

午前中にコールセンターでクレーム対応をしている時に、足元に置いておいたトートバッグが震えた。長い振動に電話だと察した。それも、良くない電話。

父と母は仕事中はかけてこない。保育園からしか考えられなかった。あなたはクレームの内容が頭に入らず、顧客に「上司から電話してきて」と切られてから、すぐに保育園に電話をした。

保育園からは、公彦が登園しておらず、由梨にも連絡がつかないと言われた。

由梨に電話をしたが留守電に切り替わり、メッセージを送っても返事はなかった。

由梨の家に様子を見に行ってくれと母に頼んだが、父の定期検査の付き添いで動けないと返事が来た。あなたは昼休憩と三時に公彦の保育園に電話をした。やはり連絡はないとのことだった。由梨が家族からの連絡に対して返事をしないのはよくあることだが、保育園にまでしないのはおかしい。

樋口に早退を申し出た。樋口は「ご心配ですよね」とミルクティー色のマスクの上にある眉をきゅっと寄せ、頷いてくれた。「今日はコール数も少ないですし、全然大丈夫ですよ」との言葉に、あなたは深く頭を下げた。

由梨の住所は母が知っていた。父が保証人になった時に、スマホで賃貸契約書の写真を撮っておいたそうだ。

スマホ画面上にある青い丸が、目的地の赤いピンに重なろうとしている。マンションが立ち並び、狭い公園があり、駐車場がある。大阪のどこにでもある街の一つで、そうして、あなたが知らない場所だった。

青い丸と赤いピンが重なった。あなたは左を見上げる。長方形の六階建てのマンション。灰色のタイルは元は白かったのではないかと思うほどで、築年数が経っていそうだった。ベランダが横に三つ並んでいる。由梨の部屋は、三〇一号室だと母からのメッセージにあった。三階部分の左端の部屋に目がいく。

黄色味の強いベージュのカーテンが閉められており、大人の腰よりも高めに作られている柵の内側では、洗濯物が干されている。その中にトーマスのレギンスパンツがあった。あなたが公彦によく穿《は》かせていた物。他にもあなたがよく着せていた小さな服が吊るされている。

洗濯するんや、とあなたは思う。由梨は実家にいる時、ほとんど家事をしなかった。今は倉庫の仕事一つに絞っているが、休みの日には単発のバイトを入れてダブルワークをしていた。「もっと公彦をかまってあげや」と母が注意をしても、鼻で笑い「ほんならお金くれるんか」と母を詰めているシーンを何度も見た。

風が頬を冷やす。マフラーの隙間から冷気が首に触れる。自転車を停め、マンションのエントランスに入る。右側の壁に並ぶポストの中から、三〇一号室を探した。チラシは溜まっていない。そういうことも出来るのかと、また思う。

奥にあるステンレスの枠にガラスが嵌められたドアを引いた。予想通り、開かなかった。

自転車に戻り、マンションの周りを回ってみる。スーパー、コンビニ、ファミレス、公園——由梨も公彦もいない。あなたはここに二人がいることが想像出来ず、あなたがこの場に立っていることも現実であるのに、うまく像を結べなかった。どこまでも知らない街だった。

日がすっかり落ち、あなたは由梨のマンションへと戻った。ベランダのカーテンは閉められ、洗濯物は干されたまま。昼のうっすらとした暖かさは消え去っている。

道路を挟んで右斜め前に、お店がいくつか入った古い雑居ビルのような建物があり、あなたはその建物の塀に沿って自転車を停めた。

ダウンジャケットの下が蒸し、首元から熱気が上がってきたのは束の間《つかま》で、すぐに身体が外気に噛まれていく。湿った下着が身体から熱を奪う。腕を組み、前かがみになる前を、何人もの帰宅途中と思われる人が通り過ぎていく。

実家に住んでいればいいのにとあなたは思う。そうすれば、全部してあげるのに。幼稚園教諭に戻って、公彦の大学までの学費も稼ごうと思う。けれど由梨と両親が上手くいっていないことも知っている。

公彦が出来たと由梨が報告に来た時、父は腕を組んで、ソファーの背に体重を乗せた。母は父の横に座り、由梨は二人を見下ろしながら立っていた。

「産むから」

あなたはテーブルの横にある椅子に座り、由梨の背中を見ていた。

「僕は反対や」

「何であかんの？　私もう二十六やで」

「ほんなら何で言いに来たんや。認めて欲しいからやないんか」

由梨が黙る。母は太ももの上で手を組み、聞いている。「何でそんなことしたんや」と父が静かに問う。

「いい大人がわからへんもんなんか。男、男、男、お前の人生こんなことばっかりやないか。ええ加減にしてくれっ！」

由梨の身体が一つ跳ね、あなたの身体にも力が入った。母が由梨を庇《かば》うように父との間に上半身を割り入れる。

「お前の男の尻ぬぐい、何べん僕らにさせたか覚えてないんか」

尻ぬぐい――由梨は確かに何人もの男性と付き合ってきたようだった。けれど、父が尻ぬぐいをしていたことは知らない。

「ほんならもういいよ。一人で産むからっ」

由梨が片足で床を踏みつけて音を立て、「由梨ちゃん」と母が短く叫ぶ。

「身体にさわるから」

父が「好きにせぇ」と言った。

「お前にしてやれることは全部やった。僕の責任は果たした」

「責任って何やねんっ」

「全部やったったやろっ！　高校入れて、短大入れて、お前が被《かぶ》った借金も払った！」

あなたの目と口が開く。借金とは何のことだ――

「あんたらが望んだからやろっ。高校はお前らが選んだ女子高やったやないか。ほんまは公立の共学が良かったのにっ」

父が鼻で笑い、「そこでも男、男、男で、カラオケ屋に男と二人で行って、殴られたところを店員に助けてもろて、迎えに来た明美《あけみ》に泣きついたことあったよな。共学やったらどないなっとったんやろな」と唇を歪《ゆが》ませる。

「あんたらの言うとおりに生きたお姉ちゃんは、あんなんなってるやんっ！」

父が、母が、あなたへと視線を投げ、そうして、すぐに逸《そ》らす。頭の中が白くなる。

あなたは三十四歳だった。四年前に身体を壊し、休職後に退職し、一年ほどは身体の養生にあててから転職活動をしたがうまくいかず、母に勧められてコールセンターの派遣の仕事をしていた。

「環は今だけやから。それに、ええ人がおって結婚したらまた変わるやろ」

母が早口で言ったのに、今度は由梨が鼻で笑うのが聞こえた。あなたに聞かせるような笑い方だった。

「とにかく僕は反対や。それでも好きにするって言うんやったら、僕らには頼らんとってくれ」

「堕《お》ろせって言うんかっ」

「好きにしたらええ」

父はそう言ってリビングを出て行った。母は由梨の背に手を当て、由梨はその場で泣いた。あなたはその泣き声のしらこさに、由梨に向けていた膝をテーブルの下に戻した。

一時間ほど経った頃だろうか、マンション前に黒い車が停まった。四人乗りの軽ワゴン。暗くてよく見えないが、あなたから見て手前にある運転席にいる男が、助手席と後部座席に向かって話しかけている。助手席のドアが開く音がし、由梨の声がした。明るい、男に話しかける熟んだ声。車が前進し、由梨と公彦が現れた。二人は手を振っている。

一歩、二歩と進んだあなたを、公彦が見つけた。「たまちゃんっ」と叫ぶ。由梨もあなたを見た。暗くて表情が読めない。早く近づかなくてはいけない。それなのに、冷え切ったあなたの身体は硬く、きしきし音がする。

由梨が公彦の手を引いてマンションの中に入って行く。あなたは由梨の名を呼んだ。公彦が振り返ってから由梨を見上げる。あなたはもう一度名前を呼び、やっと小走りで近づく。由梨がマンションのエントランスの奥にあるドアの前で、リュックの中を漁っているところで追いついた。

「何度も連絡したんやけど」

由梨は大げさに溜息をついて顔を上にし、うざっと大声を放った。あなたに向き直り、「スマホを家に忘れただけ」と睨む。

「保育園の先生から、公彦が登園してないって連絡があって」

「親も一緒におらんかったらどっか行ったって考えるのが普通やろ」

「せやけど、連絡して返事なかったら心配するもんやろ」

「もうええって。こういうのが嫌やから家出たんやって」

公彦が由梨とあなたを交互に見上げる。公彦には黙っているしか選択肢がない。

「わかるよ」とあなたが頷くと同時に「わかるわけないやろ」と由梨は鼻で笑った。

「わかるわけないやん。ずっと、ずーっと家に居続けられる姉ちゃんに何がわかるん。教えてや。何がわかるって言うんよ」

だから、とあなたは言《い》い淀《よど》み、何がと自身に問う。自分は実家にいればいいと思っている。そこから公彦が保育園に通い、小学校に入学し、中学生になり、大学だって、幼稚園の再就職先を見つけて行かせてあげる。

「きもいって。マジで」

「そんなん言うたかて一人で公彦を育てるのは大変やし、家族で協力して」

「いらん」

「今かって保育園の送り迎えとか、そういう」

「ほんならもうそれもいらんっ」

「そういうわけにはいかんやろ」

今度はあなたが呆《あき》れて肩の力を抜いたら、「マジでもう連絡してこんといてっ」由梨が叫んだ。

「かまわんとってくれっ！」

その場に響き渡る怒声だった。由梨は鍵を開け、中に入った。ドアが閉まり、金属同士が重なる音が響く。公彦は由梨に腕を引っ張られながらあなたを見ていたが、角を曲がって見えなくなった。スマホが鳴った。誰からか見なくてもあなたはわかっていた。早く帰らなければならなかった。

流しの横で紙フィルターをセットし、キャニスター缶から一杯分のコーヒー豆をすくい、父を見た。ダイニングテーブルでロールパンをちびちび齧《かじ》っている。手にはまだ半分以上残っているので、あと半時間は食事をするだろうとコーヒーを淹《い》れるのを中断して流しの前に立つ。

あなたは父の病気がわかってから、父の前でコーヒーを飲まないようにしていた。父はコーヒーが好きで、病気になる前は毎日四、五杯は飲んでいたが止めたのだ。

洗い物を終えるとテーブルに座っていた母が、椅子の背にかけておいたジャケットを羽織りながら、「今日はお休みなんか」とあなたに聞いた。母の言葉の中に責めるものを嗅ぎ取り、謝るように頷く。

「ええなぁ」母が語尾を伸ばした。コーヒー豆の香りが、あなたの罪悪感を逆撫でする。あなたが休みで母が出勤する日は、洗濯機を先に回し、父の朝食の用意をしながら流しの周りを拭く姿を見せていた。母より楽をしてはいけなかったのに、今日に限って十五分長く眠ってしまった。

「お母さんも再雇用の時、コールセンターを選んだら良かったわ」

「明日の分の食事も作り置きしておくから」

台所の入り口を通り過ぎようとする母の足元を見ながら、あなたは申し出る。シーツは洗っておくし、トイレ掃除だってすると心の中で付け加える。「幼稚園の先生に戻るための活動はしているんか」と母のつま先があなたを指す。

「この前言うてから、何にもやってへんように見えるんやけど」

あなたは片手でもう片方の腕を撫で、コーヒーの香りが母に届いていないことを願う。

「なぁ、やる気あるんか？　環ちゃんのお友達はみんな、結婚して、子どもを産んで、それでも一所懸命働いているのに、あんたはそのままで恥ずかしくないんか」

母が台所に入り、あなたの腕をつかんだ。強い力に引っ張られ、あなたの身体はぐにゃぐにゃ動く。血の混じった赤茶色のおりものが浮かぶ。子宮劣化のしるし。あなたは自身に残された時間が少ないと思う。

「しっかりしてや！　私ら大学まで出して、資格かって取らせてあげたやない。十分なことしてあげたやない！　何で結婚もせんと派遣なんよ。幼稚園の先生に戻るって言うてたのは嘘やったん」

母がつかんでいたあなたの腕を投げるようにして離した。あなたの腕は後ろに振られ、どこかにぶつかったのか、小指に痛みが走る。

「言うてる間に四十やで。どこも雇ってくれへんくなんで。私らもおらんくなるんやで。あんた一人でどうするん！」

一人？　そんなことはない。公彦がいる。由梨とだって、仲が良いというわけではないが、姉妹だから仕方がない。あなたは母を見た。由梨とよく似ている丸い体形。あなたは父の方に似ていた。どこがというものではない。雰囲気がそっくりだと親戚から言われている。そうして、公彦はどちらにもどことなく似ている。

「こんなんやったら、由梨みたいにデキ婚でもすれば良かったんや。それやったら、まだ普通に近づいた！」

「黙りなさいっ！」

父の怒声が飛んだ。母の視線が父に流れ、すぐに顔を伏せる。そうして、「時間ないわ」と小さく呟き、リビングを出て行った。あなたは父を見ることが出来ず、食器を拭き、電気ケトルに水を汲《く》む。父を盗み見る。父はまだロールパンを食べている。トレーナーの袖から出ている手首は細く、指の肉も落ちている。

新聞が捲《めく》れる音がした。「子ども」と父が言った。あなたは、父に向かって顔を上げる。

「もう三十八やったら悪くなっとるから早くしなさい」

父が麦茶を飲む。あなたが前日にやかんで煮だしたものを、マグカップに注いでレンジで温めたものだった。

男、男、男——胃から気持ちの悪さがこみ上げて来て、あなたは唾を飲み下す。こんなんやったら、デキ婚でもすれば良かったんや、男、男、男、男、早くしなさい——

胃に唾が落ちていくのがわかる。粘膜が逆撫でされる感覚のあと、刺すような痛みが走って消えた。懐かしい感覚に胃の上に手を置く。また、食べられなくなるかもしれないとあなたは思う。細い腕の女の姿が浮かぶ。骨の形がわかるほどの細い腕をしていた。あなたはその腕になりたいと思った時があった。幼稚園教諭になって、八年目のことだった。


あなたが幼稚園教諭になって四年目の年に、あなたよりも同僚たちからの見ない視線を集める子が就職してきた。彼女は新人の先生が通る道として、副担任になった。彼女への風当たりは、あなたへのものより強かった。あなたが他の同僚から注意を受けた場合、すぐに謝るところを、彼女は何故そうなったのかを先に伝えるのだ。正当な理由もあれば、言い訳ととらえられるものもあった。

あなたも彼女に対して不満がないかと度々聞かれるようになった。あなたはそれまで不満を言われる側であって、どう答えればいいかわからず、そもそも彼女とはほとんど接点がなかった。ただ、曖昧な顔で同僚たちの話を聞くにとどまった。正義感からではない。わからなかっただけだ。

あなたが五年目に彼女がサブ担当になり、あなたは副担任に戻った。以前より体重は減ったが、胃の調子はすっかり元に戻っていた。しかし、ここで一つでもミスをしてしまえば彼女の立ち位置に戻る。あなたは仕事を丁寧に行うことももちろんだが、出来る限り速く行うことを心掛けた。彼女への陰口を聞いて気づいたことだった。

それまで、慎重すぎるほど丁寧に行っていた。一つでもミスをすれば何か起こるのではないかと恐ろしく、何度も確認を行い、主担任の指示を仰いだ。それはこの幼稚園では、一年も経てば控えていかなければならないことだとやっと気づいた。

あなたは要領の悪さを自覚した。要領の悪さは、人の苛立ちを買うことになるのだと、あなたよりも要領の悪い人を見るまで教わったことがなかった。教えてくれても良かったのにと、誰に対してでもなく唇を曲げたくなるような気持ちになったものだった。

サブ担当の仕事が楽だったわけではないが、以前よりも気を遣うことが多くなったため、休みの日はほぼ寝て過ごし、平日も速く仕事をこなすために頭を使い続けた。

他の同僚はそうではなかった。平日に晩御飯を食べに行った話を聞くこともあれば、土日で旅行に行く者も多かった。同じ仕事をこなしているはずなのに、彼女たちは遊びに行け、仕事も速かった。あなたは、自身の働く体力が低いのだと学んだ。

見ない視線を集めなくなっていった。あなた以上に彼女が出来なかったからだった。おそらく、あなた自身の失敗も少なくなっていったことも関係するだろう。噂《うわさ》は彼女のことで事足りた。

あなたは六年目に主担任になり、七年目、八年目を迎えた。そうして、その年に彼女が辞めた。

いつまたあなたに見ない視線が集まるのかと、より慎重になり痩せていった。身長が一六〇センチ、体重が五十七キロあったのが一キロ、二キロと減っていった。

夏前には胃の不調を感じていた。唾を飲んだだけで胃の粘膜が逆撫でされる感覚がおこるようになり、歩く振動に胃が揺れるのがわかるようになっていた。病院に行くにも平日は時間が取れず、土曜日も保育や行事の準備があり、夏休みに入るまで行けそうになかった。

給食を止めてもらい、園児たちに隠れてレトルトのおかゆや、栄養補助食品のゼリーを吸った。

車で帰宅中に強いめまいに襲われた。あなたはコンビニの駐車場で車を停め、ハンドルに額をつけた。股の部分が湿っている。生理だった。目を瞑っても暗闇の中で回る。座席を汚してしまうかもしれないと思った。あなたがローンを組んで買った軽自動車。両親が小回りが利くといって休みの日に乗る。もし、血で汚れたら――

携帯で家に電話をした。出たのは由梨で、あなたはコンビニで動けなくなっていることを伝え、鞄《かばん》からハンカチを取り、尻の下に広げたら、暗い渦の中に引きずられていった。

フロントドアガラスが打たれる音がして、あなたは目を開いた。鈍い動きで回る視界の中に、自転車にまたがった由梨が、息を切らし、顔を真っ赤にしてあなたを睨んでいた。

幼い頃の由梨の顔が浮かんだ。あなたが顔を赤くして泣いた時、同じ顔色になっていた歳の。あなたの八つ下なのだと、改めて思った。

由梨は救急車を呼んだ。検査の結果、胃潰瘍だとわかった。母から何度も電話が入っていた。出られたのは十時で、まだ帰れないのかと聞かれ、精算が済んでいないと由梨と二人だけの暗いロビーで答えた。

仕事は休めず、あなたの体重が減っていくのと、母のあなたへの態度が柔らかくなるのが比例していった。あなたが横になり家事をしなくても何も言わず、胃に優しい料理を作ってくれた。

あなたが胃を壊して知ったことは、風邪のようにすぐ良くなるものではないということだった。胃の内側を刺す痛みは、薬が効いている間だけましになり、徐々に痛みのヴォルテージが高まって、次の薬の時間になった。

薬の時間を待ち焦がれていたのが、いつからか飲み忘れるようになり、母からの関心も薄くなっていった。

そんな中で、園児にまた怪我をさせた。クレヨンで色を塗る時間で、園児同士が喧嘩をし、一人の目にクレヨンがかすった。教室を揺らすほどの泣き声を園児は上げた。すぐに眼科に走った。幸い異常はなかったが、あなたは身体の震えが止まらなかった。

家に帰っても、いつもの量を食べられなかった。母があなたの皿に残った料理を見て、「また、胃が悪いんか」と聞いた。あなたは母の目の中に労りと共に怯えの色を見つけ、父までもがあなたへ視線を投げてくれた。

「早い目に病院に行きや。働けなくなったらどうするん」

母はそう言って父を見た。父は母からの視線を受けず、食事を続けた。

あなたは食事の量を減らしていった。母の目の中に宿る労りを少しでも多く得たかった。効果的な痩せ方はないかとネットで検索した。そこで出てきたのが、腕の細い女のＳＮＳだった。

彼女は痩せているのに、載せている写真の多くがその日に食べた大量の料理の写真だった。

ファストフード店でテイクアウトしてきたいくつものハンバーガー、ポテト、骨付きチキン。自分で作った鍋いっぱいのカレーに、スーパーの値引きで買った大量の菓子パン、雑に作られた山盛りのチャーハン。どれも上手く写真を撮っているのに、不味《まず》そうなのが強く印象に残っている。

彼女は、それらを一人で食べた。そうであるのに、細い腕を晒した写真も定期的にアップしていた。彼女は、カエルの絵文字を使用していた。食べては吐いているようだった。

そういう痩せ方もあるのかと彼女の細い腕に憧れた。けれど、吐くことには抵抗があり、たまに多目に食べると母が安心したような顔をするので、食事の制限をするにとどまった。

父方の祖母の三回忌があった。今はもう売られてしまった祖母の家で、二十人近くが集まって開かれた。

親族たちが冷えた俵形に区切られたご飯や、薄く味付けされた煮物、色のよくない刺身が入ったお膳を前にしている中を縫うようにして、ビールを注いで回った。あなたと血が繋がった親族は、全員がふくよかであり、そうでないのは血が繋がっていない者だけだった。

大叔父が父にビールを勧めようとして、叔父に止められているのが見えた。父は飲めないわけではない。けれど、車だからと言うのが聞こえ、あなたは振り返った。「私が運転するよ」とあなたは言った。叔父が今初めてあなたに気づいたというように、眉を上に動かした。父が、「いらん。お前の運転は怖い」と大叔父に笑いかけ、大叔父も、「ほんまやな」と笑った。あなたの運転はとても慎重であるけれど、頷きを返して台所に戻ろうとした時、あなたの背中で叔父が「環ちゃん、えらい痩せたな。どないしたんや」と父に小声で訊ねるのが耳に入った。

父が何と言ったかまでは聞こえなかった。その後、あなたは幼稚園で倒れた。あなたの当時の体重は四十二キロにまで減っていた。母を通じて父から一旦休職するように言われたのは、その後すぐだった。

古賀さんが勤めているお店は、由梨のマンションの近くにあった。L字になったカウンター席は手前に二席、奥に向かって五席並び、壁に沿ってソファーがコの字型に配置されたボックス席が二つある。

あなたはカウンターの奥から三つ目の席を案内された。あなた以外の客は、カウンターに二人、ボックス席では三人が一つのテーブルを囲んでいた。全員が男性で、二十代に見える人から初老まで年齢も服装もばらばらだ。

「まずはビールって感じでもないよね」

古賀さんがカウンターの中から声をかけてくれた。あなたは酒に弱くはないが、飲むことはない。「そうですね」あなたは胃の上に手を置く。痛みは薄くなってきているが、酒を飲むのは少し怖い。

「ポンジュースハイはどう？」

横からママに声をかけられた。赤いセーターを着た彼女はふっくらとして、パーマがかかったシルバーグレーの髪は短く切られている。歳はあなたの母よりも上のようだが、あなたよりも健康そうだった。

「いいですね」と古賀さんが声のトーンを少し上げたので、「ポンジュースだけでお願いできますか」と滑り込ませる。

「お酒はあんまりかしら」

ママが深皿をあなたの前に置きながら聞いた。曖昧な笑みを作り、すぐに視線を深皿にやる。中身は里芋とイカの煮物だった。深い色の照りが見るからにおいしそうだが、イカは消化に悪かったのではないか。

「サービス」

ママは小さく首を傾げた。ウィンクをされたような錯覚があなたの中に起こる。ママはすぐに違うカウンター客の所に行ってしまった。入れ替わりに古賀さんが戻って来る。

「ポンジュースです」

グラスのふちぎりぎりに注がれているのを見て、あなたの目が軽く開く。

「えらい上手いこと入れたもんやな」ママが呆れた口調で言い、ママの前に座っていた五十代くらいのスーツ姿の男性が、「俺もグラスいっぱいに作ってや」と朗らかに言った。

「ボトルの減りが早くなるだけになりますよ」とママが答える。

「ほんまやなぁ」

男性のほぐれた笑いに、あなたもつられて笑ってしまう。ママと男性が二人の会話に戻ったのを見て、あなたはグラスに顔を近づけ啜る。

「お好み焼きはどうですか」と古賀さんに言われ、あなたはグラスにつけていた顔を上げた。

「ママのお好み焼きはうちの売りの一つで」

古賀さんはいつもより肌の艶がいい。化粧を昼間よりも丁寧にしているのだろう。

「本当にお言葉に甘えていいのでしょうか」

お迎えのお礼に奢《おご》ると言ってもらえたが、あなたは本当にそうしてもらうつもりはなかった。それでも古賀さんに「ママの料理、美味《おい》しいんですよ」と何度も言われ、心が揺れた。食べる量を減らし始めており、家でも食べているところを見られたくなかった。

「そのために来てもらったんだから」と古賀さんがママに注文した。ママはあなたに笑いかけ、「お家で食べてはるのより美味しかったらええんですけど」と首を傾げたのが、またウィンクされているように見える。

「ポンジュースとお好み焼きしか奢れないけど」

「十分ですよ」

あなたは両手を身体の前で振る。お好み焼きは久しぶりだった。あなたが小さい頃は母がよく作ってくれた。大人になってからは外で買うことが多くなり、公彦がやって来てまた作るようになった。

ソースとマヨネーズでべたつく公彦の口を、あなたは拭った。公彦は食べるのを止められるのを煩わしそうにした。その度にあなたは少しいじわるな気持ちが働き、丁寧に拭うのだ。

あなたは目の前にある里芋を箸で割って口に入れる。ほっくりとした食感が歯の先に当たる。味付けが良く、芋の甘さが粘り気と共に広がる。美味しい、とあなたは呟く。

「ママ、美味しいって言うてくださっています」

古賀さんがいつになく可愛《かわい》げがある様子で言った。ママはお好み焼きのタネをフライパンに流しながら「嬉しいわぁ」と華やかに返す。あなたは何だか褒められたような気になってイカも口に入れ、「美味しいです」とさらに重ねてしまう。

「もし良かったら、他にも小鉢あるよ」と古賀さんに言われ、口を動かしながら首を横に振る。

「関本さん、最近痩せたよね」

「変わってないですよ」

あなたはグラスに口をつける。三キロ痩せていた。四十六キロまで落ちている。変化に気づいてくれたことに胸が高鳴るのを、さらにグラスに口をつけ落ち着かせる。

「そういえば、公彦くん大丈夫だった？」

古賀さんと目が合う。「妹さんから聞いてない？」あなたは続きを聞きたいのに、視線を下げる。古賀さんには由梨のシフトが変わり、あなたが迎えに行かなくてもよくなったとしか伝えていない。「何も」首を振ると、耳が熱くなるほどの恥ずかしさがこみ上げて来た。

「今日、公彦くんがお熱出して早退したって結実が言ってて」

あなたの視線が上がる。「それで」と続きを急《せ》かしたが、「それ以上は」と古賀さんは申し訳なさそうに頭を軽く下げる。古賀さんがママに呼ばれ、あなたの前から離れた。

あなたはすぐに由梨に連絡を入れた。なかなか返事はないと思っていたが、お好み焼きを食べ終わったくらいにスマホが振動した。期待に跳ねた胸は、お母さんという表示で萎む。

あなたはグラスの残りを飲み干し、椅子の背にかけておいたトートバッグを手に取った。

「もう帰るの？」

古賀さんが目を開く。「食べ終わったばっかりじゃない」あなたはおしぼりで口を拭い、頷く。

「早く帰らないと」

「ごめん、用事があったんだ」

古賀さんが慌てた様子でそう言うのにあなたは首を振り、「門限が九時なので」と椅子から降りる。別れの挨拶をしようと古賀さんを見たら、門限、と呟くのが聞こえ、おかしそうに歯を見せて笑い、「まだいいじゃん」と言った。

「デザートにアイスあるからさ。それくらい食べる時間はあるでしょ」

「いいえ、本当に、もう……」

「大丈夫だよー。門限が九時って、中学生じゃないんだから」

「本当に駄目なんですっ」

声が響き、古賀さんの動きが止まった。ママと客の視線を感じ、あなたは「いや、すみません。声の調整が上手くいかなかった」と唇を持ち上げた。あなたとしては、両端を持ち上げたつもりだったが、片方しか上がっておらず、歪《いびつ》な形になっていた。

「いえいえ、うちの子が強引に誘っちゃって。お友達が来て嬉しくなっちゃったみたい」

ママが笑い、古賀さんもその場にいる全員に向かって笑った。あなたは頭を下げ、店を出て、自転車を全速力で漕いだ。

冷たい空気に線香の香りが漂う中をゆっくりと進む。家から車で四十分ほどかかる墓地に、両親とあなたとで墓参りに来ていた。三か月に一度来るのだが、由梨は中学に入ってから来ることはなくなった。由梨が高校二年生の時に父が力ずくで連れて行こうとして、お互いに怪我を負うことになった。

父は親指の爪が剝がれ、由梨は額を強く打った。あなたが由梨を、母が父をそれぞれ病院に連れて行った。由梨は車の中で、「父親にやられたって、絶対に病院で言うからなっ！　きしょいっ！　死ねやっ！」と額から垂れる血をタオルで押さえながら叫んでいたが、医者の前では「こけた」と小さな声で言った。

「今日の運転怖かったね」

前にいる母があなたを振り返って言った。あなたは母と視線を合わさないようにして、首を傾げる。あなた自身、ひやりとすることが二度もあった。

「帰りはお前がせぇ」と父が言い、母があなたをまた一瞥《いちべつ》してから「わかった」と前を向いた。

あくびがわく。眠いわけではない。生あくびだとあなたは思う。締め付けるような頭痛が昨夜からしていた。寝て起きてもおさまらず、鎮痛剤を飲んだが、痛みが少し緩んだ程度に過ぎない。もとより生理の時期は頭痛が起こっていたが、いつもと種類が違うのをあなたは感じていた。頭の左上がじくじくと痛んでから頭全体に広がるのとは違い、頭の周りを締め付けられる痛さで、幼稚園を辞める直前に頻発した頭痛に似ていた。

　砂利道の小石が、スニーカーの底を通して足の裏を刺す。ちくちくと不愉快な痛みが起こる。買い替えの時期だとわかっているけれど、きっとあなたは新しいスニーカーを買うことはない。

　あなたが一か月の小遣い五万円を使い切ることはないが、携帯料金や、日々のこまごまとした物、公彦に必要な物を買うことを考えると、どんな物もギリギリまで使いたかった。

　両親の足が止まり、あなたは縮こまっていた背を伸ばす。長方形の墓石に関本と刻まれ、隣の墓誌に名がいくつも連なっている。曾祖父《そうそふ》の時に建てられたと聞いている。父は長男で、この墓に入ることになる。

　母が小さな箒《ほうき》と塵取《ちりと》りのセットを手提げ鞄から取り出したのを見て、あなたは花立を抜く。前回供えた槙《まき》は枯れ、隙間から濁った水が覗く。母の様子を見ている父の後ろを通り、あなたは水場へ向かった。

ステンレスの冷たさが指を伝い、あなたはそれを額に当てたくなる。少しでも痛みを和らげたい。あなたは槙を捨て、水場に花立の水を流す。粘り気のある黄土色の水が、剝《む》き出《だ》しのコンクリートに広がる。濁った青臭さが漂い、顔を背け、冷たい空気を吸ってから息を止める。マスクをして来れば良かった。マスクをすると頭痛が酷くなるので外していた。腐った植物の臭いが鼻を通り、脳が揺さぶられる気持ち悪さが起こる。

えずいて流しに顔を落としたが、口から出たものは白濁した唾だけだった。

粘着質の黄土色の水の中に白が混じる。蛇口をひねり、水を流すと剝き出しのコンクリートが現れた。あなたは、手が切れるように冷たい水で花立を洗い、横にある棚からバケツを取って水を入れた。

両手を塞いで戻り、持参した雑巾をバケツの水につける。感覚が遠くなった指先で雑巾を絞り、墓石を拭いていく。風が冷たく、身体から熱を奪っていく。あなたの体重は四十五キロにまで減っていた。まだ、母から痩せたと言われることはない。

墓の掃除が終わり、母が風防のついた筒状の蠟燭《ろうそく》立ての中にある蠟燭に火を付け、筒の上から線香に火を移す。強い匂いに鼻を斜め上にする。頭痛が増し、立っているのが辛《つら》くなってくる。

後ろに立っていた父があなたと母の前に出て、しゃがんで手を合わせた。母はショッピングバッグの中から供え物の豆大福を三つ、和紙の上に重ねる。あなたが昨日の仕事帰りにスーパーで買った物だった。味が舌に宿り、唾液を飲み下す。帰りの車内でいつも食べる。一つくらいならいいだろうかとあなたは思うが、昨夜の風呂場の鏡に映った自分の姿がちらつく。あなた自身あまり体形に変化がないように思えてならない。

「公彦に墓を守っていってもらわなあかんなってお父さんと言うてんねん」

あなたは母を見た。父と公彦がいる部屋の中の光景が浮かぶ。公彦は父を気にして動き、父はずっと公彦を無視している。その父が、本当に言ったのか――

「由梨たちの二人暮らしかってどのみち長いことは出来へんよ。きっと戻って来る」

父が立ち上がり、あなたたちの横を通り過ぎ、墓から離れて行く。あなたは目で父を追う。痩せて細くなった背中。小さな頃、父の背中の肉の感触が好きだった。今の父の背に触れると、すぐに骨の感触が伝うだろう。頭に痛みが響き、目を瞑る。

二日前、あなたは由梨のマンションの斜め向かいの建物の辺りに立っていた。古賀さんから聞いた、公彦が熱を出して早退したということが気になって仕方がなかった。

何度も由梨に連絡をしたが返事はなく、いてもたってもいられなくなって、仕事終わりに自転車を走らせた。由梨が早番の日ならば、公彦を連れて帰ってくる時間を狙った。

日が落ちてしまった道は暗く、あなたを隠してくれた。あなたは長時間その場にいることは出来ない。早く帰って来て欲しいと何度も願った。

自転車が遠くの曲がり角からやって来た。あなたはマフラーで顔を覆い、人を待っている風を装って、自転車がマンションの前で停まるのを見た。エントランスの灯りに照らされたのは、由梨と公彦だった。

公彦の声が聞こえる。何を話しているのかまではわからないけれど、目が熱くなった。一か月程見ていなかった。公彦の元気そうな声はすぐに消え、二人はマンションに入っていった。あなたはその場にまだいたい気持ちを堪《こら》え、自転車に鍵を差した。少しでも早く帰らなければならなかった。

あなたは母の横に並んでしゃがみ、墓に手を合わせた。父が公彦に墓を守ってもらわないといけないと言っている。公彦が必要だとあなたは思う。あなただけではなく、関本の家が欲しているのだと頭痛に耐え、いつもより長く拝んだ。

あなたは自転車のスピードを落とし、由梨のマンションの前で停めた。由梨の部屋のカーテンの隙間から光が漏れている。あなたの目が開く。家を出る時から不在ばかりを想像していた。

隙間は十センチほどあり、上からなら部屋の中を覗けるのではないかと思う。あなたは息を整えながら、由梨のマンションから道路を挟んで右斜め前にある、古い雑居ビルのような建物を見る。

自転車を押して建物に近づく。一階は整骨院とダンス教室。どちらも、シャッターが下りている。階段の出入口に掲げられている案内板は、五階だけが空欄になっていた。正確には、スナックの文字があるのだが、大きくバツで消されている。

あなたは建物の横に自転車を停め、階段を上った。五階の廊下に足を踏み入れると乾いた音がした。奥に一つしかついていない灯りで見えたのは、枯葉だった。それだけではなく、空き缶や泥のような物もある。注意しながら進み、半分過ぎたところが由梨の部屋の正面だった。

由梨の部屋のカーテンの隙間に目を凝らす。人がちらちら動く。大きさからして由梨のようだった。あなたはスマホの時刻を見た。十一時半。両親が眠っているのを確認して家を出てきた。玄関でスニーカーを履いている時、ひどく心臓が跳ね、自分の息が暗い家の中に響きそうで呼吸を止めていた。

脇の下が冷たくなり、腕を組む。二月終わりの気温は冬の最後の力を振り絞るように低く、衣類の隙間から冷気が滲《し》みてくる。

あなたは足踏みをして、由梨の姿を視線で追う。公彦の様子が知りたかった。

あなたは今朝、古賀さんに話しかけられた。「公彦くん、三日連続で休んでいるけど、溶連菌ですか」あなたは顔に驚きが浮かびそうになって、俯くようにして頷いた。「流行《はや》ってますよね。気をつけてくださいね。うちも前みたいに全滅ってなったら、また関本さんに来てもらわなきゃいけない」

古賀さんが冗談めかして言ってくれたのに、公彦の顔しか浮かばず、変な間を空けて笑い返してしまい、古賀さんも頷いて画面を見るのに戻ってしまった。

車の走行音がして視線を下げる。由梨のマンションの前に黒い車が停まった。手すりをつかんで凝視する。一度見たことのある車のようだった。あなたは由梨の部屋に視線を戻す。灯りが消えている。由梨がマンションから出てきた。

由梨が慣れた様子で車に乗る。また、由梨の部屋に顔をやる。公彦を、こんな夜中に置いていくつもりなのか。黒い車が動いた。手すりをつかんでいた指先に力が入る。由梨のマンションの横にある駐車場の方に進み、中には入らず、囲いのフェンスに沿って停車した。

長く話を続けるつもりだろうか。由梨の部屋に視線を戻す。公彦は一人で眠っている。たとえ十分であったとしても、公彦を一人にすることはあなたには出来ない。

車が揺れたと思ったら、等間隔で上下に動き始める。嘘やろ、とあなたの漏らした声が、白い息となって消える。車は揺れてはたまに止まる。人通りはなく、冷たい風があなたの頬を嬲《なぶ》る。あなたの口から、はっと短い笑いが上がった。「夜が遅くなったと思わへんか」「親に迷惑かけるのもたいがいにしいや」車から目を逸らす。唇を強く合わせると口の中がしみた。口内炎がいくつも出来ていた。痛みが溶けた唾を飲む。ぎゅるんと胃が蠢《うごめ》き、急激に腹が減るのを感じた。朝はヨーグルト、昼はサラダ、夜はご飯半膳に野菜炒《いた》めを小皿にとって食べた。両親と一緒に食べたけれど、母は年下の先生の不手際について父に熱心に話をしていた。あなたの体重は四十三キロになっている。

あなたは車が上下に揺れるようなことをしたことがない。

黒い車から由梨が降りてくるまで、あなたは由梨の部屋から目を離さなかった。由梨がマンションに入ったのを見届け、階段を下る。何度か目にしたことのある、たるんだ肉づきの由梨の裸が浮かびそうになっては口内炎に舌先で触れた。

口内の唾の量が増え、空腹が胃の痛みへと変わっていく。飢えがあなたの思考を統べていく。あなたは腹を押さえる。ぺたりと平らだった。その手で二の腕に触れる。ダウンジャケットの下の腕の肉を感じる。腕の細い女の姿が浮かび、彼女がアップしていた料理の写真を思い出し、喉が上下する。

腹が減った。どうしようもなく、腹が減って仕方がない。あなたの自転車がコンビニの前で停まる。

温風で身体が解けていくのを感じながらカゴを持ち、パンコーナーへと向かう。チョコクロワッサン、あんバターサンド、ピザパン、たらこマヨパン、卵蒸しパン、一リットルの牛乳、二リットルの水を入れてレジに行く。

若い男性の店員に、「肉まん全部」とあなたは言った。店員がカゴに入った商品を手に取るのを止め、あなたを見た。あなたはもう一度、同じことを言った。レジ横の蒸し器には、肉まんとピザまんが二つずつ、フォンダンショコラまん、豚の角煮まんがそれぞれ一つずつあった。

「全部ください」

あなたは店員を見た。黒縁眼鏡をかけていて、ものすごく眠たそうだった。のろのろとした動作で袋に一つずつ詰めていく。三千円近い会計を告げられ、あなたは時給に換算しそうになったが、食べ物を見たら、早く食べたいとしか考えられなくなった。

膨らんだレジ袋を片手に食い込ませ、コンビニを出た。駐車場の隅に停めている自転車の前カゴにレジ袋を入れ、肉まんを手に取った。温かさに指先がじんとする。肉まんの水蒸気で引っ付いた外袋を剝がし、底の紙も取った。あなたはかぶりつこうとして唇の両端に痛みが走るのを感じた。切れたとわかったけれど止まらなかった。肉まんの白い皮の甘みを感じ、食欲をそそる豚肉の旨《うま》みとごま油などの風味が口一杯に広がる。あなたは飲むようにして一つ食べ、ピザまんに手をつけ、チョコレートで口の周りを汚し、また肉まんに戻った。途中で水を飲む。水の冷たさが食道を冷やしてくれるのが心地よい。

あんバターサンドを手にしたところでゲップを出すと、一緒にせり上がって来てしまった物をコンクリートの上に少し吐いた。

あなたはスニーカーの間に落ちた物を見て、腹を撫でる。足先で固体を保っている茶色の皮を潰す。あなたは鼻から息を流し、あんバターサンドを口に押し込む。久しぶりに多く食べているからか顎が重く、顔全体が痛くなってくる。つぎつぎとパンの袋を開けては口に入れ、牛乳で流す。

全て食べ終わり、あなたは後ろに一歩足をついた。くらり頭が重くなるのを耐え、あなたは残しておいた水を一気に飲み干し、コンビニへと早足で戻った。

さっきの眠たそうな店員が、聞き返すような顔をしたのを目の端にとらえながら、トイレへと走る。

鍵をかけ、右手を思い切り喉の奥へと入れた。さっき、スニーカーの先で潰した茶色の皮が鮮やかに頭に浮かぶ。吐けばいい。奥に届けと舌の付け根で指先をもがく。もっと、奥に、もっともっと奥に、胃に届くように。あなたは左手で右手首をつかみ押し込む。

胃が持ち上がるのを感じ、食道を逆流してくる熱が口に迫り、あなたは便器へと吐いた。全体的に白っぽい。その中に赤や茶が混じっている。ぐちゃぐちゃになった物から、原形を思い起こすより前に、あなたはまた指先を喉へと入れた。

一度目の大波に乗るように、二回、三回と吐く。早くとあなたは思う。店員に不審に思われない程度の時間で吐き終わり、汚れた便座を拭いて出なければならなかった。

胃の中が軽くなっていくのと同時に、こうすれば良いのかと精神が凪いでいく。あなたは母の労りを含んだ目を思う。こうすれば良いとまた思った。

ソースの香りで腹がぐるり動くのを感じる。ママは格子状にマヨネーズをかけ、青のりと鰹節《かつおぶし》をふりかけてから、お好み焼きが載った皿をあなたの前に持って来てくれた。鰹節が湯気で揺れ、あなたは口に溜まった唾を飲み下す。

割り箸でお好み焼きを一口大にする。大き目に切り取ったのを口に持って来ると、唇の先に熱を感じて一旦離した。ポンジュースで口の中を冷やしてから齧る。ソースの甘辛さ、マヨネーズのまろやかさ、キャベツの甘みに、刻まれたこんにゃくの食感、端の焦げた部分の香ばしさが口の中に広がる。あなたはさらに箸で割って口に入れる。豚が載った部分に当たり、豚バラの脂が生地にしみ、美味《うま》い。あなたは箸と口を動かし続け、途中で小鉢に入った大根とごぼう天の煮物を食べる。優しい味で、出汁《だし》がよくしみている。

ここで食べる分は消化することにした。母には古賀さんのお店に行くと伝えている。お店の住所はホワイトボードに記入し、帰宅時間は遅めに設定しておいた。由梨のマンションに寄ろうと思っている。ポンジュースをまた飲む。口内炎に滲みるが、痛みよりも甘みで包まれ、また唾がわく。

「美味しそうに食べてくれはるね」

ママがあなたを見て言った。ママは黒のタートルネックセーターにゴールドのネックレスをしている。イヤリングもゴールドで、よく似合っていた。いいな、とあなたは素直に思う。十代の頃にお小遣いで安いネックレスを買った。シンプルなデザインであなたは気に入り、制服のブラウスの第一ボタンを開けて少し見せるようにした。高校で流行っていたのだ。けれど母に見つかり、「色気付いて」と言われてから買ったことはない。あの時のネックレスもどこにやったのか忘れてしまった。

「ママのお料理はどれも美味しいです」

あなたは口にしてから顔が熱くなるのを感じる。軽快な笑い声がママから上がる。歯を見せて嬉しそうに笑ってくれる姿に、あなたはお手拭きで汚れてもいないカウンターを拭いてしまう。

「おにぎりは食べへん?」

ママの言葉にあなたは顔を上げる。「梅か高菜か、シーチキンもあるけど」ママが微笑《ほほえ》み、カウンター席にいた二人組の男性のうち一人が、「俺、ひとつもらおうかな」と言う。あなたは、自分の目の前にある半分になったお好み焼きと空になった小鉢を見て、口元を持ち上げながら首を横に振った。ママは「そう」と呟き、カウンターの男性におにぎりの種類を訊ねた。

古賀さんがあなたの隣に来た。空になったグラスや皿が重なったお盆を両手で持ち、あなたに顔を寄せ、「心配してる」と言った。視線を合わせ、微かに首を傾げる。

「関本さんが痩せすぎてるって、ママが」

古賀さんの夜用の化粧を施した目にあなたが映る。あなたは箸でお好み焼きを割り、また笑って首を横に振る。

「少し前は体調が悪くて体重が落ちてしまったんですけど、今は大丈夫です」

自然にあなたの口から語られた言葉は全て嘘だった。あなたは嘘が上手だった。それはあなたが嘘だと思っていないからだ。

古賀さんが労るようにあなたを見る。あなたは「これから沢山食べようと思っていますから」と口をぐいと横に伸ばし、拳にした両手を身体の前に持ってくる。あなたの母がよくする、頑張るの顔だった。

古賀さんがカウンターにお盆を置き、俯いた。

「あたし、コールセンターを辞める」

あなたの頑張るの顔が解け、表情が蒸発していく。以前、二人で帰っている時に、派遣会社の人に他にいい所ないか聞いてみようかなと言っていたことを思い出す。

「この前、派遣会社の人と面談があって、更新をどうするかって聞かれて、また派遣かと思ったら」

古賀さんはそこで言葉を止めた。これからますます子どもにお金がかかるのが、あなたにもわかる。今の給料では生活をしていくのですら足りていないのだろうと思ったところで、「次はどこに」と聞いた。聞いてから、特に聞きたいと思っていなかったと気づく。

「保険会社。転職サイトに登録したら、そこのアドバイザーさんに勧められて。小さい子どもがいても大丈夫だって」

あなたは歯を見せて笑ってみる。そうして、実際に働いてみなければ内実はわからないとも思う。あなたが勤めていた幼稚園では結婚をしたらほとんどの人が辞めた。今はどうなっているかわからないけれど、産休育休制度はあってないようなものだった。

「次のところに勤めるまで少しだけ間が空くから、結実と旅行に行こうと思ってて」

「いいですね」お好み焼きを箸先でさく。「どこか近場でいいとこ知らないですか」

あなたはつまもうとして、手が止まった。あなたが最後に旅行したのは、高校二年生の修学旅行だった。

「あまり旅行をしないので」お好み焼きを口に入れる。冷め始めているからか、具材の味がよりわかる。

「えーっ。大阪の周りって、京都や神戸があるのに」

「両親があまりいい顔をしないので」

十分に咀嚼《そしゃく》し、またお好み焼きを口にする。返事があるはずだろうタイミングで古賀さんが何も言わず、あなたは顔を上げる。古賀さんと目が合う。あなたの様子を観察していたような表情に、あなたの視線が揺らぐ。古賀さんがあなたにかすかに近づいた。緊張の膜が張る。

「今も？」

大学二年の冬休み、大学の友達と東京ディズニーランドに行こうとした時のことがフラッシュバックする。六人で行こうとしていた。母に言ったら、お母さんは決められへんと言われ、父に聞いてもらった。父からは好きにしたらいいと返事があったらしい。あなたは友達に謝り、そこから、遊びに誘ってもらうことが減った。そもそも、門限が早いあなたは先に帰ることが常だった。

「旅行に行きたくないの」

古賀さんが重ねて聞く。「それは、」とあなたは言ってから、どこに行きたいのかと疑問がわく。あなたは、どこに行きたいのか考えたことがない。

「関本さんは、家を出ようとは思わないの」

ママが古賀さんを源氏名《げんじな》で呼んだ。「だって」と古賀さんがママを見て、ママが短く首を横に振る。「すみません」と古賀さんは言い、お盆を持ってカウンターの中に戻った。

　あなたは残りのお好み焼きを食べ、すぐに立ち上がった。「もう帰りはるの」とママに言われ、あなたは笑って、お金をカウンターに置く。接客していた古賀さんが、あなたに近づこうとしたのを感じていたけれど、気づかないふりをして店を出た。

　あなたは近くの府営公園に自転車を走らせた。昼間は人が多いところであっても、息が白くなるほど気温の低い夜は、ランニングをしている人もいなかった。

　公園に入ってすぐのトイレにあなたは入った。一番手前の個室で、人差指と中指を喉の奥へと入れる。いつもよりせり上がって来る感覚が弱い。店を出る時に水を一杯もらえば良かったと後悔した時に、ぴちゃり便器に落ちた。消化が進んでいる。もう一度、指を入れる。あなたの目が潤んでいく。寒いのに、そこだけ湯気が出ているように熱い。

　いつか見た、古賀さんのつるりとした額が目に浮かぶ。若い女なのだ。結婚し、出産し、子どもがいて、まだ子宮が劣化していない、好き勝手してきた若い女なのだった。

「正社員まで手に入れた」

あなたの声がトイレに響いた。アンモニアの臭いが抑えられるほど冷える夜だった。

由梨の部屋を見下ろす。今夜はきっちりとカーテンが閉められていた。まだ灯りがついている。

手前の道路に視線を落とす。来るだろうか。あなたは三日置きくらいに公彦に会いに来るようになっていた。母は由梨たちの二人暮らしは続かないと言っていたが、男がいる限り、由梨は戻って来ない。

吹く風が、少し前のような棘《とげ》のあるものではなくなっていた。冷たいけれど棘が溶け、湿り気をまとうようになっている。外を歩く人の外套《がいとう》が薄手の物に変わりつつある中、あなたは着古したダウンジャケットを着ていた。現在四十キロになっているあなたは、それでも寒かった。

額を片手で押さえる。締め付けるような痛みが頭の周囲を覆う。昼に飲んだ鎮痛剤の効果は切れていた。頭痛で夜中に目を覚ますのを避けるため、就寝前まで我慢したい。

由梨の部屋の電気が消えるのが視界に入る。あなたは手すりに近寄り、マンションのエントランス部分を見ようと眼球を動かした途端、ぎゅっと目を瞑らなければならないほどの痛みが跳ねた。

体重は軽くなっていっているのに、身体が重く、思うように動かない。ここに来る前、コンビニに寄った。パンを十個ほど食べて吐いた。トイレに入る時に店員の視線を感じたが、あなたは気にならなかった。トイレの汚れを拭きとってから出て行く。購入金額も少ないわけではない。咎《とが》められる理由はなかった。

あなたは、瞑っていた目をおそるおそる開いた。痛みの波が寄せては引く。あなたはマスクをずらし、空気を深く吸い込む。身体の中が冷え、少しばかりましになる。車の走行音がした。あなたは目を瞑って、顔を下に傾けてから、瞼を開ける。黒い車がやって来た。

手にしていたスマホを顔の前に出して、動画機能を画面に呼び起こす。由梨がエントランスから出て来た。画面はほぼ真っ暗で、どこまで映っているのかわからない。由梨が車に乗った。横にある駐車場に車が転がっていくのだろう。一時間ほど過ごし、由梨が降りて来るか、駐車場に車を停めて、由梨の部屋に行くこともあった。

頭の痛みに耐えながら、両手でスマホを支える。車が上下に動かないだろうかとあなたは思う。車がころり動いた。スマホを横にずらしたが車の速度が上がり、スマホの画面から消えた。

顔を上げ、車のバックドアを視線で追う。赤いブレーキランプが点き、左に曲がった。あなたは暗い十字路をしばらく眺めた。

どこに行ったのか——由梨の部屋を見る。カーテンが閉じられた奥に公彦がいる。

頭の周囲の筋肉が膨張しては締め付ける痛みに目を瞑る。あなたはその場にしゃがみ、けれどそれすらも辛くなって尻をつけた。

冷たいコンクリートがあなたの尻から熱を奪っていく。膝を抱え、額をつける。目を瞑ると余計に痛みが研ぎ澄まされるが、開けているのも耐えられない。足音が外の道の方から上がって来た。あなたは両手をつき、そろり腰を浮かす。壁に手をつき、顔だけ出して見下ろしたが、男がスマホを見ながら歩いていただけだった。あなたは中腰のまま由梨の部屋も見下ろす。

公彦が眠っている。あなたはまた、コンクリートに尻を落とす。どうしてだろうとあなたは思った。どうして公彦を一人にすることが出来るのか。眠っている間であっても、あなたは公彦のことが気になった。夜中に目が覚めては、いびきのような寝息を聞いてからでないと目を瞑れなかった。

黒い車が戻って来るまでの二時間、どうして、とあなたは心の中で疑問を投げ続けた。答えはおおよそわかっているのに、あなたは由梨の気持ちを言葉にはしなかった。

問い続ける行為は、あなたの正義感を強固に塗り固めてくれる心地良さがあった。けれど、他の人がそうしているように、あなたもまたその心地良さには気づかないようにした。

あなたは由梨が黒い車から降りる所を撮影し、その場を離れた。家に着いたのは二時頃で、朝は六時に、母よりも先に起きなければならなかった。あなたはやっと鎮痛剤を飲んでまどろんでは、公彦の寝息が聞こえないことに目を覚まし、部屋に一人であることを再確認してはまどろむことを繰り返した。


守衛のおじさんが古賀さんを見て、あなたに目を留める。あなたは笑ってみた。いつものあなたならそんなことはしないけれど、今日は微笑んでみせることが効果的なような気がした。おじさんは何か言いそうになって、それでも何も言わずにドアを閉めた。

「妹さんは遅番?」

古賀さんはあなたに聞いた。あなたは首を傾げ、笑う。古賀さんの表情が曇り、あなたを上から下まで眺めた。あなたは微笑んだまま、右手で左腕をつかみ、まっすぐ立つことに努める。

「ねぇ、本当に痩せすぎじゃない？」

視線が上がる。日中、電話口から流れてくる言葉を拾うことが難しかった。名前、住所の確認すら瞼が落ちてきて、何となくでしか確認出来なかったのに、どの顧客も話は進んでいった。気を抜けば揺れる頭に意識を取られながら応対していたら、その内の一人に「ちょっと！」と強く言われ、あなたは目を開いた。目の前の画面に、pがずらりと並んでいた。熱い物に触れた時のように手を離した時、古賀さんと目が合った。

「病院に行ってる？」

ダウンジャケット越しにつかんでいる自身の腕の骨を手の内に感じる。古賀さんの視線の中に心配が混じる。この視線を古賀さんに求めたわけではないのに。

ドアが開いた。公彦と結実ちゃんが並んで立っていた。あなたが手を振ると公彦は「たまちゃん！」と高い声を上げて出て来ようとしたが、若い先生が公彦と繋いだ手を離さなかった。

舌打ちをしそうになるのを、下唇を嚙むことにすり替える。公彦の通っている保育園では、保護者からの連絡がない限り、保護者が指定した人物以外に園児を預けてはいけない。たとえ、ずっと来ていた親族であったとしても例外はない。若い先生の逡巡が、あなたには手に取るようにわかった。あなたにもずいぶん前に経験があることだった。

あなたは若い先生に笑いかけ、「古賀さんと帰りが一緒になったから寄っただけです」と言った。若い先生が纏《まと》っていた緊張が解け、古賀さんがあなたに近づいたのを感じる。

公彦は何度もあなたを呼んでいたために、あなたが若い先生に言ったことが聞こえなかったのか、「今日は大きいおうちに行くんかな」と溌剌《はつらつ》とした声で聞いてきた。

あなたはしゃがんで視線を合わせる。

長めの柔らかい髪、丸い顔、トーマスのレギンスパンツを穿いている。膝の部分が伸びていて、買い換えてあげなければとあなたは思う。「今日は一緒に寝るんやろ」公彦が弾けたように言うのに、あなたは首を横に振った。

「またね」

公彦の顔が固まった。あなたが公彦を連れて帰らなかったことは一度もなかった。わからないのだ、とあなたは知る。公彦は、起こった感情をどう身体を使って表せばいいのかわからないのだ。

若い先生はあなたの様子を気にしながら、「公彦くん、またねって」と公彦の背中に手をやった。公彦は唇をぎゅっと閉じ、俯いた。あなたの胸が締め付けられるように苦しくなり、同時に口角が持ち上がる。痺れるような感覚に、持て余した感情をどう処理すればいいかわからず、右手を握りしめる。

「関本さん」

古賀さんが背を丸め、あなたを覗き込もうとしてきた。顔を背け立ち上がる。あなたは「また、明日」と言い、早足で自転車を置いた所に戻る。後ろから駆けて来る足音が迫って来た。あなたは自転車のカゴにトートバッグを入れ、鍵を外そうとしたところで「関本さん！」とまた呼ばれた。あなたは答えず、鍵を回してハンドルを握った。前輪を古賀さんとは反対側に向けようとして、カゴをつかまれる。

「どうしてあんなことを」

はっきりとした声が、薄暗がりの中に響く。あなたの横で自転車が一台停まり、あなたたちの様子を気にしながらも、急ぎ足で去っていく。日が長くなったとあなたは唐突に思った。あなたは空を見上げる。まだ、うっすらと朱《あか》く染まっているところがある。

「公彦くん、傷ついた顔をしてたよ」

カゴが軽く揺らされ、振動があなたの手に届く。あなたは古賀さんを見た。もう五時半くらいなのに、彼女の顔がよく見えた。結実ちゃんを見下ろし、似ていると思う。この女が産んだ子ども。

さっき見た、公彦の顔が浮かぶ。柔らかな髪、丸い顔、あなたよりも由梨に似ている。それでも、公彦はさっき、またねを言ってくれなかった。俯き、何かに耐えていた。それが、全てではないか。

「子どもに試すようなことをしちゃ駄目だよ！」

試す、胸の中に言葉が落ち、とんっと跳ね、身体の真ん中に響く。試す、とあなたはまた思う。

「そんなこと、してない。両親が、」

墓。墓誌に刻まれた名前。父が入るところ。そうして、あなたも入る。公彦に墓を守っていってもらわなあかんなってお父さんと言うてんねん――

「必要としているから」あなたの口から漏れる。

「どういう意味」

カゴをつかむ古賀さんの手の力が弱まったのをあなたは感じた。あなたはハンドルを両手で引っ張り、彼女を振り払うように右に曲げた。ペダルに片足をかけ、もう片方の足で地面を蹴り、走り出す。

違う、とあなたは思う。古賀さんの家と、自分の家は違う。古賀さんの家には父の教えがなかっただけ。たまたま、それだけの話なのに――驕るなよと、あなたは奥歯を噛んだ。


「寝てない？」

「いえっ」

反射的に答えながら椅子に座り直す。どうしてだろうとあなたは思う。どうして伝わって欲しくないことは、顔が見えなくとも伝わるのだろう。

美容液の交換を顧客は訴えており、あなたは購入日を確認しながら話を進めていく。口を動かしながら、舌を何度も噛みそうになる。眠たくてたまらない。

昨夜、由梨のマンションに行く間にお腹《なか》が空《す》き、どうしようもなくて古賀さんのスナックに寄った。スナックの前に古賀さんの自転車が停まっていないのを確認し、ドアを開いた。ママはあなたが来たことを喜び、お好み焼きだけでいいと言ったのに、煮物をくれた。食べているとおかしなものでさらに腹が減り、あなたはおにぎりを頼んだ。中の具を一つに選べず、梅とシーチキンと高菜を食べた。

ママはあなたが食べている様子を他の男性客の前に立たず、眺めていた。あなたは美味しいですと何度も笑った。それは、あなたにとっては、同時にごめんなさいと頭を下げ続けているようなものでもあった。

あなたは食べてすぐに店を後にした。近くの公園のトイレの前に自転車を停め、二リットルの水を胃に落としていく。満腹だった腹がさらに膨れ、窒息するほどの息苦しさを感じてトイレに走る。喉から溢《あふ》れる水を落とし、次に指を入れ、吐いた。

「アンチエイジングって言ってもねぇ。効果ないでしょ」

顧客は喋《しゃべ》ることに乗って来たのか、饒舌《じょうぜつ》になっていく。あなたは話を元に戻さなければならないと焦りが募って行くのに、眠たさに思考を崩される。

何とか顧客が求めているであろう商品を提案し、交換の手続きを行って通話を終えた。前に倒れそうになる上半身を起こし、あなたは背もたれに体重をかける。身体を支えるのが難しくなってきていた。

今朝食べた物を頭に浮かべる。食パン半分にキウイ半分。母の目の前で食べた。母はキウイええなと、あなたの残りに手を伸ばした。あなたは風呂場の鏡に映った自身の身体を思い返していた。どこも変わっていない。あなたは、母が二口でキウイを食べ終えるのを見てから、ちびちびと自身の分を食べた。

「関本さん」

真横で名前を呼ばれ、あなたは姿勢を立て直そうとして反対側に強く力を入れてしまった。自身の突発的な力にあなたが耐えられず、ずるりと半身が椅子から落ちる。あなたはデスクの縁を指先でつかんで止まった。顔を斜め上に向ける。樋口があなたを見下ろしている。彼女は、驚いた表情で立っていた。

「すみません」

「大丈夫ですか」

あなたが座り直して頷くと、「今から面談してもいいですか」と微笑まれた。古賀さんがあなたを見るのがわかったが、あなたはそっちを見なかった。

会議室で斜向《はすむ》かいに座る。樋口は書類とパソコンを置き、「いつもお伝えしていることですが、ここでお話ししていただいたことは、評価などに関係しません」と言った。樋口は、あなたと目を合わせたまま、「何か困ったことなどありませんか」と続けた。

何もない。コールセンターを続けるつもりもない。あなたは唇をマスクの中で舐《な》める。けれどまだ、再就職先を探せていない。公彦に会いに行くので時間を取られている。名前が呼ばれ、顔を上げる。樋口は長机の上に組んだ両手を置き、上半身をあなたに寄せた。

「最近、お疲れではありませんか」

あなたの眉間に微かに皺が寄る。眠たく、腹は空いている。けれど、どちらもあなたが選んだものであって、疲れているわけではない。

いいえ、と短く答えた。樋口は目尻を柔らかく下げたまま、「関本さん宛にクレームが入りました」と言った。

あなたは顔の上で表情を結ぶことが出来ず、樋口を眺めた。金のかかった顔。あなたと歳は数個しか違わないのに、正社員で結婚をしている。子どもはいないと耳にしたことがある。あなたは唇をきゅっと結ぶ。

「関本さんが受けたお客様で、後で上司から連絡するようにとおっしゃられて切電されたのに、私に報告するのを忘れられていたようです」

あなたの黒目がぐるり動く。そんな客は大勢いる。けれど、流石《さすが》に上司から連絡するようにと言われて電話を切られたのを忘れることは――ぐしゃりと握りつぶされたレシートのようになった記憶が開く。由梨に連絡が取れないと保育園から連絡があった日。あなたは電話が終わってすぐ、樋口に報告せずに保育園に連絡をした。それで、それからは――

ドアがノックされ、あなたの両肩が持ち上がる。顔を出したのは、樋口が不在の時に隣の部署から来る女性社員だった。あなたを一瞥してから樋口と目を合わせ、「すみません、ちょっと」と顔を引っ込めた。

樋口が立ち上がり、廊下に出る。あなたは残された部屋の中で、何度も太ももの上で手を擦る。今までミスはあった。けれど、報告を忘れたことはない。教えられたことは、守って来た。

ドアが開き、樋口はさっきと同じ場所に座り、目尻を下げる。「最後に受けたお客様ですけど、美容液の交換が出来るとお答えしましたか」と聞いた。あなたの視線が斜め上に行く。美容液の交換手続きをした。購入して一か月以内であることを確認し、現物を送り返してもらうことにも同意してもらった。

「購入日がいつか確認しましたか」

「はい」

一番初めにした。さっき見ていたパソコン画面を思い返す。化粧水と乳液も購入していた。そして、今回追加で美容液を買った――化粧水、乳液？

三つ商品名が並んでいる画像を頭の中に広げる。あなたが確認をしたのは、どの商品の日にちだったのか。低い声があなたの口から漏れる。どの商品の日にちを、確認、したのか。樋口に視線を投げる。あなたの視線を待っていたかのように、彼女と視線が交わる。

「おそらく化粧水の購入日と見間違えています」

あなたの両手がズボンの太もも部分をつかむ。「すみません」とあなたは呟いた。深く頭を下げ、もう一度すみません、と言った。

「全然いいんですよ。確認したかっただけなので」

いやっ、とあなたは顔を上げる。樋口は化粧で作った、今時の女の顔で微笑んでいる。樋口が本当に、全然いいと思っているのはわかっている。あなたとは同じ場所にいないとわかっているからだ。

「お身体が悪ければ、すぐにおっしゃってくださいね」

樋口の眉根を寄せた顔が嫌だとあなたは思い、辞めるつもりだと言ってやろうかと思う。けれど、すぐに8400円は惜しいと揺らぐ。だって、あなたには公彦がいた。樋口と自分は違う。樋口に子はいない。けれど、あなたには公彦がいるのだった。あなたは樋口に気づかれないように大きく息を吸って吐いた。

「お気遣いありがとうございます。ですが、大丈夫です」と笑った。あなたが樋口のことを憐《あわ》れんだために出来た笑顔だとは、樋口は気づいていない。

掃き出し窓から見える空は天気が良く、薄い雲が伸びている。あなたはあくびをした。かくんと顎が外れそうなほど大きく開く。そうして、また同じようなあくびをする。息を吸い込む作業のような生あくびだった。頭が痛い。横になりたいと思うが、腹が減っていた。母は仕事に、父は買い物がてら散歩に出た。そろそろいい頃だとソファーから身体を離した。

玄関の扉が開く音がした。台所に入ろうとしていた足先を止め、玄関に繋がっているドアを覗く。ドアに嵌められたガラス越しに、父がこっちに向かって来るのが見えた。

ドアを開き、「どうしたん」とあなたは聞いた。父が、帽子を頭から取って脇に挟み、「スーパーに行く途中で、すれちがいざまに咳《せき》かけられた」と言った。あなたの眉間に皺が寄る。「気持ち悪なって、うがいしに帰ってきた」怒りを含んだ声で言い、廊下の途中の洗面所に入った。

父は病気になってから体力が落ちた。風邪を引くだけでもいけなかった。あなたは台所に入り、急須にお茶の葉を入れた。父も飲むかもしれないと多目に入れる。

水の流れる音が止まり、父がリビングに入って来た。「お茶いる？」とあなたは聞いた。父が頷き、テーブルに座る。父の前に湯飲みに注いだ緑茶を置き、あなたはマグカップを持ってソファーに戻った。息を吹きかけ、啜る。舌先が痺れる熱さにマグカップをローテーブルの上に置いた。

「しんどいんか」

どこかから聞こえて来た声に、あなたは視線を上げる。目の前にテレビがあった。あ、とあなたは思う。今日、公彦が好きな番組を録画するのを忘れていた。胸が塞ぐ苦しさが起こる。今日、父と母がいなくなるタイミングばかりを見計らっていたためだった。しまったとあなたは額に手を当てる。「聞いてんか」あなたは父を見た。目が合い、「どうしたん」と聞き返した。

「しんどいんかって聞いてんや」

あなたは薄く口を開いた。父が言った言葉の意味はわかるのに、あなたにかけた言葉なのかがわからなかった。それでも、リビングにはあなたと父しかいない。

「職場でうまいことといかんのか」

父はあなたの方を見ずに緑茶を啜る。あなたは片手でもう片方の腕をつかむ。分厚い裏起毛のトレーナーに出来た毛玉が手のひらでざらつき、その下の皮膚が粟立《あわだ》つ。

灰色のセーターに茶色のズボン、どちらもだぶついている。薄いとあなたは思う。父はこんなにも痩せていただろうか。髪の毛も、あんなに白髪があっただろうか。あなたの知っている父の姿と今の姿が重ならない。

「えらかったら、辞めたらええ」

あなたの身体が硬くなる。今、父が、言ったのか？

「僕な、最近思うんや。僕らがおらんくなったら、この家売ったらええ。開発されて土地の価格高くなってるらしい。ほんで、由梨と半分にしたらええ」

あなたは腕をつかんでいた指先に力が入っていくのを感じる。この家を売って、由梨と分ける？　この家がなくなったら、自分はどこに行けばいい？

「公彦は？」とあなたは聞いた。「何や」父らしき声が問い返す。何だ、とあなたは自身に問う。公彦は、何だ？　長く息を吐くのが聞こえた。父が椅子の背もたれに体重を預けていた。

「公彦には墓を見てもらっていかなあかんな」

墓――そうやんね、とあなたは頷いた。父は立ち上がり、「ほんなら行ってくる」と言った。あなたはローテーブルにあったマグカップに手を伸ばす。

「お茶、すまんかったな」

玄関のドアが閉まる音がした。緑茶を飲み干して立ち上がり、台所に入る。食器棚から茶碗を取り、炊飯器の蓋を開ける。今朝炊いたものだった。茶碗から溢れるくらい盛る。冷蔵庫を開け、扉に備え付けられたポケットでひしゃげていたのりたまのふりかけを手に取る。この家でのりたまを食べるのは公彦だけだ。

　ふりかけて大きく口を開け、頬張る。食べごろの温度になっていて、一杯、二杯と口に入れていく。顎が痛くなり、喉の皮膚が伸びていく。あなたはどんどん、どんどん、茶碗にご飯を盛っては身体の中に流す。口の周りはべたつき、箸を握る手の力加減が狂い、手で米を口に運んでいく。顎を動かし、喉の皮膚を伸ばす、口の周りを汚し、爪の間に潰れた米粒を入れ、顎を動かし、喉の皮膚を伸ばす――あなたは振り返って流しの蛇口を持ち上げ、流れ落ちる水に口をつける。熱をもった内臓が冷やされ、あなたは横に置いておいた米を食べ、顔を傾け水を飲む。炊飯器からしゃもじですくい、そのまま口に入れる。膝が痛くなってきて、ずっと立ったままであることに気づき、しゃもじをまた炊飯器に入れる。顎を動かし、喉の皮膚を伸ばし、顔を傾けて水を飲み、しゃもじで米をすくう。足りない、もっと、顎を動かす、身体の中に流す。カンッと音がしてあなたは釜を見下ろした。米粒が残っているだけだった。蛇口から流しっぱなしになっている水を飲む。痛む口内を冷やし、冷蔵庫を開ける。ハムのビニールを開け、四枚とも口の中で折り畳みながら、袋に残ったちくわを見つけ、マヨネーズを口の中に絞る。溢れる唾液が混じったマヨネーズを手の甲で拭う。ちくわを押し入れ、ヨーグルトのパックを啜り、納豆、豆腐を食べ、三本のみたらし団子が入ったパックを開けて、その上に吐いた。せり上がって来るものが止まらず、トレーナーの裾を広げて吐いた。あなたは吐いた物を落とさないようにトイレに向かい、裾を片手で持ってドアノブに触れ、トレーナーの端から嘔吐物《おうとぶつ》が落ちた。フローリングの上に嚙み千切られたちくわや粒が残った納豆が落ち、あなたはまたえずく。トイレに入り、便器の中に落とす。水気の多い気持ちの悪い音が響き、あなたは指を喉に入れた。力任せに押し入れ、粘膜が指先に触れ、残った嘔吐物のざらつきを感じ、指を引き出すより前に吐いた。生臭さが顔に広がり、鼻水が流れ、目が熱くなった。あなたはまた指を入れた。どこまでも手が口に入って行く。食道を焼いて吐く。締め上げられるような痛みが頭に起こり、両目を強く瞑った。すまんかったなと言った父の声が耳に蘇《よみがえ》る。誰だと、あなたは思う。弱者が口にする言葉であって、父が口にすべき言葉ではない。墓、とあなたは思った。父を元に戻さねばならない。公彦が、必要だった。

由梨のマンションの前に黒い車が停まった。あなたは、いつものように由梨のマンションの向かいの建物から黒い車を見下ろしていた。もうすぐ由梨がやって来る。そうして、由梨の部屋に行くか、横の駐車場近くに停めるか、二時間程どこかに行くか、どれかだ。

あなたは足元にあるコンビニのレジ袋の中からあんパンを取り、袋を開けようとしたところで由梨がやって来た。エントランスからの逆光で表情はわからないはずなのに、笑っているのが伝わって来る。今夜も車は揺れるのだろうか。ならば、二人の間に子どもが出来たりしないだろうか。それで公彦をくれないだろうか。

車の扉が閉じる音が下から響き、袋を開けた。全てを食べ終わったら、レジ袋の中に吐けばいいとあなたは考え、別にゴミ袋も持参している。

車が動いた。横の駐車場近くで停めるのかと視線をずらしていたら、さらに車は進み、通り過ぎていった。あなたは建物の廊下の手すりに乗り出し、顔を右にやる。十字路になったところを左折し、車が消えた。今夜は二時間程どこかに行く日みたいだった。

体力があるとあなたは呆れつつも羨ましい。日中働き、家事をして、夜になれば車が上下に揺れることをする。あなたは、今既に眠くてたまらない。

由梨の部屋を見た。ここに来た一時間ほど前、カーテンの隙間から小さな人影が動いているのが見えた。まだ起きているのかとあなたは思った。公彦は興奮して眠れなくなってしまう日があって、今夜はその日かもしれなかった。袋を開けた状態のあんパンをレジ袋の中に戻す。公彦が起きはしないかと気になった。

　二時間が経った。もうそろそろ戻って来るのではないかとあなたは願うように思う。公彦が部屋の中で一人眠っている姿が浮かぶ。子どもは寝ている時にくるくる回る。夜中に目が覚めると、あなたの顔に公彦の足が載っていることはよくあった。その話を古賀さんにしたら、彼女も笑いながら「わかるー」と言ってくれた。古賀さんは今日、コールセンターを退社した。

　ロッカー室で他の同僚たちとあいさつを交わしている中、あなたが外に出ようとしたら、肩を叩かれた。古賀さんは同僚からもらった小さなブーケを手に持って、「短い間でしたが、お世話になりました」と頭を下げた。あなたは首を振り、すぐに出入口の方を向いた。

「あたしがいる時にまた来てくださいよ」と古賀さんはあなたの後ろで言ったのに、あなたは答えなかった。

　あなたはスマホを見た。おかしいと思う。いつもより、遅い。あなたは額を押さえ、長く息を吐き、すぐに吸って、また長く吐く。頭の痛みが増し、トートバッグの中に手を入れる。眠る前に飲みたかった鎮痛剤を舌の上に置く。あなたはマフラーに顔を埋め、両手で腕を擦る。寒い。あなたの体重は三十キロ台に入っていた。

由梨のマンションのカーテンを眺める。眠り続けますようにとあなたは祈る。興奮している日は、夜中に目覚めることが多い。それも決まって怖い夢を見るのだ。あなたはその度に、小さな背中を撫でた。大丈夫と唱えながら。公彦はすぐに眠りに落ちてくれる。一方であなたは一度目覚めたらすぐに眠れず、公彦の寝息を聞くのだった。あなたは困ったと暗闇の中で苦笑しながら、出来ることならずっと寝息を聞いていたかった。

一時間、二時間と経ってゆく。あなたは何度も十字路を見た。車の走行音がしては顔を向けた。あなたはカーテンを眺め、どうか良い夢だけを見続けてと祈り続ける。

空が群青色に変わり始めた頃、カーテンが揺れたような気がした。あなたは身を乗り出し、目を細める。また、揺れた。胸の中が蠢く。カーテンがもう一度大きく揺れ、隙間から公彦が顔を覗かせた。あなたは道路に目を走らせる。黒い車は戻っていない。公彦が手を伸ばし、鍵を開けようとしてあなたは首を強く振る。

公彦はあなたに気づかず、鍵に手をかける。指がひっかかりはするが下がらないようだった。あなたはスマホのライトを点け、腕を大きく振った。公彦の顔が上がったように見えた。あなたの方向で視線が止まる。はっきり見えているのかわからない。

それでも、あなたは両手を前に出し、そのままというジェスチャーをした。

階段を駆け下り、由梨のマンションに走る。あなたは道路からマンションを見上げた。公彦にあなたの姿は見えない。公彦と叫ぼうかと思ったが、それで公彦がまたベランダの窓の鍵に手を伸ばすのも怖い。

あなたは由梨に電話をした。「おかけになった電話をお呼びしましたがお出になりません」由梨がいなくなった十字路の方に走る。左右を見たが黒い車は現れない。バイクのエンジン音がした。道の先で原付が動いている。カラスが鳴き、景色が色を取り戻そうとしている。

子どもが泣く声があなたの耳に入った気がした。あなたは由梨のマンションの方へと駆ける。泣き声がさっきよりも大きくなり、公彦のもののように思えてくる。どうして、とあなたは思う。どうして、公彦を一人にするのか。それなら、くれよと思う。黒い車が上下に揺れる。なら、くれよ。育てるから。私が育てるから——

マンションのオートロックのドアが開くのが見えた。高齢のおじいさんが出てこようとしている。あなたは閉まりそうになるドアに手を伸ばし中に滑り込む。由梨の部屋の階に着くと泣き声が聞こえた。灰色に塗装されたドアの奥から泣き声が響いて来る。

あなたはドアをノックした。力強く、二回。泣き声が止まる。あなたは、またノックする。小さな足音が向かって来るのに耳を澄ませる。

「公彦」足音が速さを増し、「公彦っ」ともう一度呼んだ。

「たまちゃん？」

公彦があなたを呼ぶ。胸が震えるような喜びがあなたの中で放たれる。「そうや」あなたの声は優しい。公彦だけに与える声。

「ママは」と公彦は聞いた。

「ドアの鍵、開けてくれへんか」

「ママ、だめって」

「相手が知らん人やったらあかんけど、たまちゃんやから」

かつん、かつんとドアに当たる音が響く。背を伸ばし、小さな指で鍵を回そうとしているのだろう。頑張れとあなたは思う。頑張れ、頑張れ——

鍵が回る音がした。ドアを開く。中では公彦が涙で頬をべたべたにした顔で立っていた。

小さな身体が震え、また泣き声を上げる。あなたはしゃがんで、公彦を抱きしめた。怖かったな、とあなたは背中を撫でる。柔らかな背中が熱い。

「大きいおうちに行こうか」

公彦がますます熱くなっていくのを腹で感じながら、あなたは「そうしよう」と公彦を抱き上げる。

「ママは」と公彦が泣きながら言った。「ママどこ」

あなたの身体の中に、こみ上げて来るものがあった。あなたは公彦を強く抱き、廊下を歩き始めた。「ママは」と公彦が聞く。あなたは進んでいく。

「ママぁ」

公彦があなたの耳元で声を上げた。あなたは片方の手で公彦の後頭部を摑み、首の下に押し付ける。声がくぐもり、唾液や汗や涙で湿気《しけ》るのを感じる。

あなたはマンションを出た。公彦は声を殺して、ママと呼ぶ。いないとあなたは心の中で答える。ママは黒い車に乗って、どこかに行った。自転車の後ろに公彦を乗せ、あなたはペダルに足をかけた。久しぶりの重たさだった。


家に着き、公彦を自転車のチャイルドシートから降ろした。途中から泣き止んでいたが、立ったまま動かず、顔を上げ、周りを見回す。まるで初めて訪れた所のような仕草に、あなたはすぐに公彦を抱き上げた。

玄関に入り、公彦の靴を脱がせようとして履かせて来なかったことに気づく。上がり框に公彦を座らせ、足の裏を見る。白く柔らかなそこに、いくつかの小石が引っ付いていた。指先で払いながら、胸が痛くなる。けれど、すぐに時間がないと感情を切り替える。公彦のために朝食を準備して、着替えさせ、保育園に連れていかなくてはならない。あなたがまた公彦を抱き上げて廊下を大股に進んでいる途中で、両親の寝室のドアが開いた。

母が顔を出し、あなたの姿を見て、身体を後ろに反らした。

「ただいま」と公彦が囁く。

あなたの動きが鈍り、意識してリビングへのドアを開けた。公彦をカーペットの上に立たせ、あなたは台所に入る。

「何で公彦がおるん」

リビングに入って来た母が聞いた。あなたは流しで手を洗い、冷蔵庫の扉を開ける。

「環、これどういうこと。何があったん？」

「公彦が帰って来ただけやよ」

あなたは卵を手にした。牛乳とマヨネーズを入れてスクランブルエッグを作ろう。公彦はこれにケチャップをかけて食べるのが好きなのだ。

母が公彦に近づくのが目に入り、「お母さん、公彦の保育園行く用意してよ」とあなたは言った。母があなたを振り返り、「何て？」と眉間に皺を寄せる。

「あんたさっきから何やの？　公彦は何で家におんの？　由梨はどないしたんよ。何があったって言うんよ！」

母が捲《まく》し立て、台所に足音を立てて入って来る。あなたは卵を割り、牛乳とマヨネーズを入れた。

「由梨が帰って来なかったから、連れて帰って来た。一人やったら危ないやろ」

「帰って来ぉへんって、どういうこと」

あなたはフライパンをコンロの上に置いた。ぎゅっとした痛みが頭の周りで起き、目を眇める。薬が切れた。あなたは棚から鎮痛剤を取り、規定の二倍の量を手のひらに受け、水道水で飲み下す。

今日は一日、動き回らなければならない。公彦がまたここで暮らす準備もしなければならないし、仕事にも行かなくてはいけない。痛みがじくじく締め付けてきたが、あなたの口元はほころんでいた。

公彦に視線を投げる。母が公彦に「ママはどうしたん？」と聞いた。「ちょっと！」あなたは大声を上げ、母に近づく。母がしゃがんだまま腰をひねってあなたを見上げたが、体重に耐えられなかったのか尻をついた。

「もう由梨のことはええやん！　関係ないやん。これから公彦はここで暮らすんやからそれでええやんか！」

母の口が開き、眉間に皺が寄る。そうして、視線があなたの後ろに動いた。あなたの視線もつられる。父が立っていた。

「何や」寝起きの低い声で母に問うた。母はぶるぶる顔を振り、「この子が公彦を連れて帰って来たんよっ」とあなたを突くように何度か指さした。父の顔があなたに向けられる。「由梨は？」と聞かれ、あなたは目を瞑る。奥歯を嚙み、歯の隙間から息を吸う。頭の周りの血管が大きく膨らんでは、絞られるように萎んで痛みが起こる。あなたは両手を握りしめた。もう、ええやろと目を開ける。

「しっかりしてよ」とあなたは父を見て、母を見る。

「公彦が必要やって言うたんは、二人やないの。せやから、私はこうやって連れて帰って来たんやよ」

「そんなこと……」母の顔に困惑が読み取れ、あなたは「はぁ？」と口を開く。

「公彦に墓を守ってもらわなあかんって、お父さんとお母さんが言うてたんやんか！　せやから私は連れ戻して来たんやよ！　由梨になんてまかせてられへん。あの子は、」

言葉を、あなたは切った。公彦がそこにいた。視線を逸らし、台所に戻ろうと進んだところで、父に腕をとられる。父の肉が落ちた指が食い込む。

「返してこいっ」

「しっかりせぇやっ！」

怒声が響いた。あなたのものだった。

「お前らが望んだことやろうが！」

あなたは父の手を振り払い、肩を小突いた。父がよろけ、後ろの壁にもたれかかるようにして背を当てる。あなたは父から目を逸らさない。壁に当たった時に俯いた顔が上がる。あなたの目が見開かれる。誰だ、とあなたは思う。白髪の多い髪、こけた頬、落ちくぼんだ目。その目に怯えが混じる。怯えは、許しを求める者のもの。由梨や母がこれまで父に向けていたもの、そうして、あなたが父に向けていたもの。下の人間がする目だった。

「どうしたんよっ！」

叫び声が響く。おかしかった。両親が望んだことを叶《かな》えている。今まで言うとおりにしてきた。精一杯してきた。

「ちゃんとしてるやん！　お願いやから元に戻ってよ！」

父と母があなたを見上げる。関本さんは、家を出ようとは思わないの。わかるわけないやん。ずっと、ずーっと家に居続けられる姉ちゃんに何がわかるん。教えてや。何がわかるって言うんよ。わかる。あなたは思う。わかっていて、あなたは、あなたを手放した。赤茶色に汚れた下着がちらつく。今さら、じゃないか。何を今まで私に教えてきたのか。今まで教えてきたことをそっちが手放すのは卑怯《ひきょう》だ。

頭の締め付けが強くなる。鎮痛剤がもっといる。あなたは流しの横に置いたままになっている薬を手に取り、一つ、二つ、三つと飲んでいく。前のカウンターの上にある時計が七時半を示し、公彦に大股で近づく。

公彦を背の後ろにかばうようにする母の肩に手をかけ、力任せに引き剝がす。母が横に倒れ、あなたは公彦を抱き上げた。父の横を通り、二階へ上がる。公彦のパジャマを脱がし、由梨が置いていった服を着せていく。

ヒートテック、靴下、レギンス、トレーナー。トレーナーの袖口を少しだけ捲ろうとして不要なことに気づく。あなたは鼻から息を吸い、アウターがないなと思う。あなたは自分のマフラーを巻いてやった。あなたは公彦をまた抱き上げ、階段を下りた。父と母があなたを見上げていたが、あなたにはもう二人に構っている時間の余裕はなかった。

「どこに行くんや」と靴を履いているあなたに母が聞いた。

「保育園に決まってるやんか」

あなたは強く言い放つ。あなたは顔を上げ、少し離れた所にいる父と母を見た。母の後ろに父が立っていた。二人とも小さくなったような気がした。あなたは重みでずり落ちそうになる公彦を抱え直し、ドアを閉めた。

大丈夫だとあなたは思う。今すぐには無理でも、公彦が戻って来たのなら、父も母も元通りになる。あなたは公彦を強く抱き、自転車へと急いだ。


保育園に着き、あなたはまた公彦を抱きかかえる。靴がないのだ。保育園には室内履きがあるので、日中はそれを使ってもらって、昼休憩の時に買った靴を届ければいい。あなたの足が止まる。強い頭痛に目を開けていられない。あなたは口から息を吐き、鼻からゆっくり吸う。どこからか若い植物の香りがする。あなたは薄目を開け、一歩ずつ踏みしめるように進む。公彦を落としてはいけない。あなたは公彦を抱く腕に力を入れる。頬が濡れるのを感じ、少しだけ視線を上げた。空は真っ青で、目が痛かった。

保育園のドアの前は混雑していて、あなたは順番を待った。ずん、ずんと脳を直接親指の腹で押されるような痛みがあなたを襲う。その上、胃が気持ち悪く、こみ上げて来るものを飲み込んでは、食道が熱く爛《ただ》れるのを感じていた。あなたは公彦を抱き直す。上下にした衝撃が頭に響く。あと少しだった。公彦を先生に預けられれば、靴を買いに行ってあげられる。仕事は一日くらい休んだっていい。公彦のための準備をしてあげたい。

また、あなたの頬が濡れる感触がした。確かめたいが、両手は公彦で埋まっていた。視界が狭まっていくのをあなたは感じる。目を開けているのが辛くなってくる。今すぐにでも地面に尻をつけたい。でも、公彦を靴がない状態で立たせたくなかった。

「関本さん」

後ろから呼ばれ、あなたは振り返ろうとしてバランスを崩した。たたらを踏み、公彦を落とすまいと腕に力を入れる。脳がぐわんと揺れ、食道をのぼって来たものを堪え切れず、吐いた。

短い悲鳴が近くでいくつか聞こえ、「関本さん！」と大声で呼ばれる。古賀さんの黒の履きつぶしたスニーカーが視界に入る。

「どうしたのっ」

あなたは顔を上げ、あなたの身体ごと公彦を古賀さんに預けようとする。古賀さんはあなたと公彦を交互に素早く見て、「抱っこすればいいのね」と聞いた。あなたは頷こうとしてまた気持ちの悪さが迫って来て、飲み込む。

「この子、今、靴、なくって。だから、今だけ、ちょっと抱っこしてあげて」

古賀さんは頷き、公彦を抱き上げる。あなたは軽くなった身体で、その場に尻をつけた。頬に触れる。濡れていた。あなたは痛みに耐えて顔を上げる。古賀さんに抱っこされた公彦が、目を真っ赤にし、頬を濡らし、声を出さずに泣いていた。

「公彦、どうしたん。あぁ、ごめん。朝ご飯、食べさせてあげられなかったから。それとも、寒い？」

マフラーを巻いた公彦の頬が赤い。寒さで火照っているのかもしれない。あなたは自分が着たままになっていたダウンジャケットを脱いだ。ぞくぞくとした寒気が背中を這う。今日は特別寒い。地面に手をついて立ち上がり、公彦にかけようとして、古賀さんの手があなたの手に触れた。

「もう、ダウンの時期じゃない」

古賀さんはそう言って、公彦を先生の元に連れて行く。「靴が」とあなたが呟いた言葉に振り返り、「大丈夫」と言ってくれた。

あなたは自分が吐いた物を見た。拭き取らなければと思うが、ティッシュもハンカチも持ち合わせていなかった。近くにいたママが、「良かったら」とあなたにティッシュを渡してくれた。その横にいたママも、さらに横にいたママは拭き取ろうとしてくれて、あなたは腕を伸ばし、「お気遣い、ありがとうございます」と止めた。

前かがみになって拭おうとして、またえずく。頰が膨らみ、飲み下そうとして口の端から垂れる。追いかけるように胃が萎み、食道をせり上がって来て、吐いた。

周りの人の足が止まり、すみません、とあなたは呟く。どうしよう、あなたは思う。自分がここで粗相をしたことによって、公彦まで悪いように見られたらどうしよう。あなたは手で嘔吐物をかき集める。固形物は何もなく、ほとんど胃液のようで、粘り気があって臭いが酷い。その臭いにまた、吐き気が誘発される。

視界が狭くなってくる。頭が膨張しては、ぎりぎりと締まる。息が苦しくなってきていた。すみません、とあなたは繰り返し言う。自分が悪いのであって、公彦は何も悪くない。ごめんな、とあなたは公彦に対して思う。これからもっとちゃんとする。きっとちゃんと出来る。父と母も元通りになる。今日は会社に行って、違う、靴を買って、いや、でも、会社に行かないと靴は買えない、だから、正社員になって、違う、違う、幼稚園の先生に戻って、沢山お給料をもらって、それで、公彦をちゃんと大学まで行かせて、でも、それよりもまず、今夜は一緒に寝よう、ずっと朝まで一緒にいる。横で寝息を聞きながら眠るのだ。私なら、公彦を一人にはしない。

あなたの手を誰かの手が覆った。あなたは顎を上げ、手の持ち主を確認する。ほとんど開かなくなっている目の先にいたのは、古賀さんだった。

「救急車、呼びました」

あなたは首を振ろうとして、出来なかった。頭が後ろに落ち、尻をつき、踵《かかと》が浮いて、倒れていく。ヤバいなと思った時に、後ろから誰かが支えてくれた。細くなった目で見ようとするけれど、ぐんっと頭の血管が膨張したような痛みに、とうとう目を瞑る。温かい、いくつもの手がロンTの背中から伝わって来る。

「ありがとうございます」と古賀さんが言う声が聞こえた。あなたはゆっくりと地面に寝かされ、もう目を開けることが出来なくなった。

口周りの肌が突っ張る感覚がした。あなたは手を口元に持っていこうとするけれど、何かが腕に絡み、引っかかる。あなたは目を開けた。ぼやける視界の中で、腕に何か張り付いている。管に繋がれており、その先を視線で追う。点滴が吊るされていた。高い天井に蛍光灯がともり、右側に窓がある。空の色を見て、夕方、とあなたは思う。

「起きた」古賀さんが椅子に座っていた。

「病院――」

古賀さんは頷き、あなたの右手を指さす。あなたの人差指と中指の関節に向けられていた。

「吐いているんでしょう」

あなたはすぐに右手を隠そうとして、シーツの上に指先を滑らせ、布団の端を探そうとするが見つからず、手のひらを上に向ける。

「やめなよ」

あなたは顔を背ける。鈍い痛みが動いたように感じ、頭痛がしていたことを思い出す。

「これ以上っていうか、先生がヤバい状態にきてるって言ってた」

あなたは病室を見回す。父と母の姿がない。「家に連絡してくれましたか」とあなたは聞いた。古賀さんから返事がなく、視線を流す。俯き、太ももの上に置いた手の指先を組んでいた。あなたは古賀さんの名前を呼んだ。

「ちょっと、行けないって」

あなたの視線が宙に浮く。早く、帰らなくてはと思う。公彦の布団を干して、スーパーに行って、夕食を作って、公彦のお迎え——あなたは上半身を起こした。古賀さんはあなたの肩に手を置き、「起きたら、検査をしたいって看護師さんに言われているから」とそっと力を入れる。

「家のことをせんと。公彦のお迎えにも行かんと」

「公彦くんは、妹さんのお家に帰るから大丈夫」

あなたの目が見開かれる。何かを言おうとして、言葉が見つからず、唇がわななく。

あなたは額に手をやった。「何で」と声を絞り出す。

「父と母が帰ってきて欲しいって言うから。だから、」

「関本さんのご両親が、妹さんに連絡したって」

「父が、お墓を公彦に守ってもらわなあかんって言うたんよっ。だから、私はっ」公彦を連れ戻した。

「親の言うとおりにしてきたんだね」

古賀さんの言葉にあなたは顔を向ける。「だって、そうしないと」何だ——父が許さないことをすると、許さないことをすると、自分は、自分を殴らなければ、わからなくなる。

「もう、いいんじゃないですか」

古賀さんはあなたの肩から手を離し、自身の太ももを擦りながら、「好きに生きたらいいんじゃないかな」と言った。

好きに、とあなたは古賀さんの言葉を口に乗せる。古賀さんが何度か頷く。好きに、とあなたはまた口にする。好きにせぇといつか言った父の声がする。首を傾げたあなたを古賀さんが見る。つるりとした額、マスクから出ている肌に張りがあり、髪に白髪はない。まだ、若い女。赤茶色のおりもの、もう三十八やったら悪くなっとるから早くしなさい、男、男、男、由梨みたいにデキ婚でもすれば良かったんや、男、男、男、子宮劣化のしるし――

「父に教えられたことを守らないといけない」

呻《うめ》くような低い声が古賀さんから響く。彼女は目を閉じ、顔を上にした。

「守ったら、何があるの?」

あなたは腕に刺さっている点滴に手を伸ばした。古賀さんが慌てて止める。「放してっ」公彦を家に連れ帰って、父と母を元に戻さないといけない。

「家に帰らないといけないっ。もう夜やっ」

あなたは裂けるような痛みを腕に感じる。点滴の管があなたの逆流した血で赤く染まり、針を固定しているテープ部分にも血が広がる。

「夜じゃない」

あなたは首を振る。日がどんどん傾いている。早く帰らなければいけない。母から電話が来る。

「関本さんがよく眠っているから、一日入院になるかもしれないってご両親に連絡したら、よろしくお願いしますって言われているから」

あなたの身体から力が抜け、呆けた声が唇の隙間から流れる。着信の振動をあなたは感じたい。手放さないで欲しい。教えられたことを守る。だから、今まで通り——

「結実のお迎えに行ったら、公彦くんが出て来て、関本さんのこと心配してた」

古賀さんが窓の外を見る。薄いカーテンがかかった先は、朱色と群青が混じっている。

「たまちゃんはどうしたのって、大丈夫って、あたしに聞いて来た」

公彦の姿が浮かぶ、小さな背に、ふっくらとした体形。頬が丸く、髪は長めで柔らかい。大きく、なった。あなたも育てた。

「公彦くんだけじゃないよ。結実も、ママだって心配してる。あたしだって、関本さんが心配」

でも、あなたの唇が開く。「お父さんも、お母さんも来てくれない」

古賀さんが何度か頷き、手元に視線を落とす。「それは、つらいよね」と静かに言った。あなたの目が熱くなる。

「教えられたこと、ずっと、守ってきてん」

あなたの背が撫でられる。古賀さんがもう片方の手をあなたの右肩にやって抱きとめる。何度も、何度も背中を擦られる。好きにしたいことなんて何もない。あなたはすべてを捨てて来た。あなたには、あなたがない。

「私には何もない」

あなたの声に涙が混じる。「それがわかっただけでも、良かったんじゃない」古賀さんの背中を擦る力が強くなる。熱が宿る。あなたは、自身の体温を感じる。熱い。あなたはここにいる。

あなたは、いるのだった。

あなたは病院のベッドから窓の外を見ていた。数時間前にトイレに行ってから、眠れなくなってしまっていた。

黒い夜が続いている。あなたは退院してからのことを思う。けれど、何も見えない。窓の外のよう。長い夜。病室内にいる誰かの寝息が聞こえて来る。いっちょ前の寝息。

あなたは公彦の姿を思い浮かべる。どうか、とあなたは思う。どうか今夜は一人で眠っていませんように。

あなたはいつの間にか目を閉じていた。いつしか日は昇り、陽《ひ》の光が広がっていく。あなたはもうすぐ目を覚ます。長くなった夜を、あなたは家の外で越えた。

【初出】「すばる」二〇二四年九月号

【装幀】高橋健二（テラエンジン）
【装画】いそべかをり

中西智佐乃（なかにし・ちさの）
一九八五年、大阪府生まれ。大阪府在住。同志社大学文学部卒業。二〇一九年「尾を喰う蛇」で第五一回新潮新人賞を受賞。著書に『狭間の者たちへ』がある。本書が二冊目の単行本となる。

長《なが》くなった夜《よる》を、

2025年４月10日　第１刷発行

著　者　中西智佐乃《なかにしちさの》

発行者　樋口尚也

発行所　株式会社 集英社
〒101-8050　東京都千代田区一ツ橋2-5-10
電話　03-3230-6100（編集部）
03-3230-6080（読者係）
03-3230-6393（販売部）書店専用

印刷所　株式会社DNP出版プロダクツ
製本所　加藤製本株式会社

ISBN978-4-08-771896-6 C0093

定価はカバーに表示してあります。